La Résistance en action... jusqu'au sacrifice

Garder espoir

CAHIER « HISTOIRE DES ARTS »

LE DOSSIER

L'ENQUÊTE

Pourquoi cette anthologie ?

Le thème Cette anthologie regroupe 33 œuvres relevant de genres artistiques très variés. Ces œuvres ont en commun d'avoir été créées pour résister à l'occupation nazie et, de manière plus générale, dénoncer le péril fasciste. Elles soulèvent la question de l'engagement et de la responsabilité de l'artiste.

Les cinq parties du corpus

La nuit de l'Occupation
Quatre poètes résistants actifs (Louis Aragon, Huguette Humbert-Laroche, Jean Tardieu, Robert Desnos) évoquent l'oppression exercée par l'occupant en France, la lutte contre la barbarie nazie et la « peste » du fascisme qui se répand dans le pays.

Le choix de l'honneur
Des textes historiques et des textes littéraires, qui sont en eux-mêmes des actes de résistance, expriment le choix d'individus, militaires ou civils, de continuer la lutte, de combattre le nazisme.

Contre l'horreur des camps de la mort
Certains artistes font partie des victimes des camps de concentration et d'extermination. Des survivants, souvent anciens résistants, témoignent et tentent de dire l'indicible.

La Résistance en action… jusqu'au sacrifice
Des artistes prennent le risque de continuer à produire malgré la censure et les difficultés matérielles. Ils témoignent de la résistance de ces milliers de personnes qui choisissent de combattre l'envahisseur.

Garder espoir
Si les mots peuvent être de véritables armes contre l'oppression, ils sont aussi source d'espoir. Tracts, poèmes, chansons encouragent à continuer le combat sans faillir, malgré le danger et la solitude.

L'histoire des arts

Le cahier couleur (entre les pages 40 et 41) présente des images liées à l'idée d'engagement en général, et à la résistance contre les périls fascistes en particulier. Peintures, photographies, affiches de propagande… Conformément au programme d'histoire des arts, ces images permettent d'éclairer les textes de l'anthologie à la lumière de différentes disciplines artistiques.

Qui sont les auteurs ?

Cet ouvrage rassemble des témoignages historiques, des œuvres littéraires et picturales, qui constituent de véritables manifestes contre l'oppression, la violence et la guerre. Voici sept auteurs parmi les plus emblématiques, résistant par les armes ou par leur art.

Charles de Gaulle (1890-1970)

Figure majeure de la Résistance, de Gaulle quitte la France pour Londres en 1940. Il y crée et dirige les Forces françaises libres, qui continuent à combattre Hitler malgré l'armistice. Il lance le 18 juin 1940 un des appels les plus célèbres de l'histoire de France, « l'appel du 18 juin » sur l'antenne de Radio Londres.

Lucie Aubrac (1912-2007)

De son vrai nom Lucie Bernard, elle est l'épouse de Raymond Samuel (Raymond Aubrac dans la clandestinité). Femme courageuse, elle organise l'évasion de son mari prisonnier. Le couple résiste dans le mouvement « La Dernière Colonne » puis « Libération-Sud ».

Louis Aragon (1897-1982)

Aragon fonde le mouvement surréaliste avec André Breton. Il entre en Résistance avec sa femme Elsa Triolet. Il rassemble en zone sud les intellectuels opposés au régime de Vichy dans le Comité national des écrivains. Il travaille dans la clandestinité sous le nom de François la Colère ou Jacques d'Estaing.

Vercors (1902-1991)

De son vrai nom Jean Bruller. Dessinateur, graveur, il abandonne son travail artistique sous l'Occupation pour devenir menuisier. Il écrit *Le Silence de la mer* et fonde une maison d'édition clandestine, les Éditions de Minuit.

Robert Desnos (1900-1945)

Poète français surréaliste, il participe dès 1934 aux mouvements antifascistes. Journaliste en 1940, il est résistant actif dans le réseau Agir jusqu'à son arrestation en 1944 et sa déportation au camp de Buchenwald. Il meurt du typhus le 8 juin 1945 dans un camp de Tchécoslovaquie.

Pablo Picasso (1881-1973)

Peintre, dessinateur et sculpteur espagnol, il a passé l'essentiel de sa vie en France. Il est un des fondateurs du cubisme. Pendant la guerre civile espagnole, horrifié par le bombardement nazi sur le village de Guernica, il peint son œuvre célèbre *Guernica*, véritable monument pacifiste.

Robert Capa (1913-1954)

Photographe de guerre, militant antifasciste, il couvre en 1936 la guerre civile espagnole. En 1942 il est sur le front d'Afrique du Nord, puis en Sicile où il suit le débarquement des Alliés. Il est le seul photographe présent sur la plage d'Omaha Beach. Il meurt dans l'exercice de son métier en Indochine.

Que se passe-t-il à l'époque ?

Les événements

● LA MONTÉE DES FASCISMES

En Italie, Mussolini impose le régime fasciste en 1922. En Allemagne, Hitler établit en 1933 une dictature antisémite et xénophobe* qui conduit au génocide* : 6 millions de Juifs et Tziganes sont exterminés. En Espagne, Franco prend le pouvoir absolu en 1939.

● LES VICTOIRES DE L'AXE*

Au terme d'une guerre éclair (*blitzkrieg**), l'Europe en 1942 est en grande partie sous la botte nazie et l'Asie sous la botte nippone.

● LA FRANCE DANS LA GUERRE

En mai 1940, l'offensive allemande met fin à la « drôle de guerre ». L'armistice divise la France en zone occupée et zone libre, où Pétain et le gouvernement de Vichy s'engagent dans la collaboration. En 1943, toute la France est occupée.

● LA RÉSISTANCE EN FRANCE

Le 18 juin 1940, de Gaulle appelle les Français à résister. Une minorité le rejoint à Londres. D'autres s'engagent clandestinement à l'intérieur du pays. La Gestapo* et la Milice* les traquent. En 1943, Jean Moulin unifie les résistants dans le CNR*.

● LA VICTOIRE DES ALLIÉS*

Les Anglo-Américains libèrent l'Italie, puis la France grâce au débarquement en Normandie (6 juin 1944) et en Provence (15 août). Victorieux à Stalingrad (février 1943), les Russes prennent l'Allemagne à revers. Celle-ci capitule le 8 mai 1945. Côté Pacifique, le Japon se rend le 2 septembre 1945, après les bombardements atomiques sur Hiroshima et Nagasaki.

	1933	1936-1939	Avril 1937	1939	1940
REPÈRES HISTORIQUES	Hitler chancelier	Guerre civile espagnole	Bombardement de Guernica	Victoire de Franco Début de la Seconde Guerre mondiale	Offensive allemande à l'ouest, la France est envahie Appel du 18 juin, création des FFL* Création du mouvement Combat Armistice (22 juin), début de la collaboration

	1937	1940	1941
ARTS ET LETTRES	*La Grande Illusion*, de Renoir (film)	*Le Dictateur*, de Chaplin Interdiction des livres contraires aux idées nazies Char et Desnos s'engagent dans le réseau Agir	Mort de Guy Môquet le 22 octobre Exil aux États-Unis de Breton et Levi-Strauss Comité national des écrivains (Aragon) Journal *Les Lettres françaises* (Aragon) Création du journal *Libération* par E. d'Astier de la Vigerie

La vie culturelle

● DE NOUVELLES FORMES

Depuis Cézanne, Van Gogh, Gauguin, les artistes comme les fauves (Chagall, Matisse) ou les expressionnistes (Munch, Modigliani), les tenants de l'Art nouveau (Klimt) ou de l'art abstrait (Kandinsky), expérimentent de nouvelles formes.

● DADA

En 1916 nait le mouvement Dada. Provocateur, il met en cause toutes les conventions artistiques, en valorisant la dérision, l'extravagance, la créativité. M. Duchamp, F. Picabia, M. Ray, O. Dix, M. Ernst, G. Grosz en sont les plus célèbres représentants.

● LA RÉVOLUTION SURRÉALISTE

Le surréalisme, défini par A. Breton dans *Le Manifeste du surréalisme*, laisse le champ libre à l'inconscient. Écrivains et peintres associent images et symboles inattendus. Certains membres, antimilitaristes, bientôt antinazis, adhèrent au Parti communiste français (Aragon, Éluard).

● LES ARTISTES DANS LA TOURMENTE

Les professions intellectuelles et artistiques sont soumises à la censure, à une restriction des moyens, à la répression. En France, certains soutiennent la collaboration. D'autres cessent d'exercer leur art, émigrent aux États-Unis, ou s'engagent dans la Résistance.

● L'IDÉAL ESTHÉTIQUE NAZI

En Allemagne, le ministre Goebbels met les arts au service du nazisme. Il contrôle toutes les formes de médias. Les œuvres juives, étrangères ou dites « dégénérées » sont interdites. L'art promeut l'idéal « aryen* », la paysannerie, la famille, l'héroïsme de la guerre.

1941	1942	1943	1944	1945
Invasion de l'URSS Création en France du mouvement Les Francs tireurs et partisans	« Solution finale » décidée (juin) Rafle du Vel'd'Hiv à Paris (16 juillet) Création de L'Armée secrète Débarquement des Alliés en Afrique du Nord Zone sud occupée	Bataille de Stalingrad (février) Jean Moulin réunit le CNR	Création des Forces françaises de l'intérieur 6 juin Débarquement allié en Normandie 25 août Libération de Paris	8 mai Capitulation de l'Allemagne Libération des camps

1942	1943	1944	1945
Vercors, *Le Silence de la mer* Éluard, *Poésie et vérité* *Les Visiteurs du soir*, de Carné (film)	*Les Mouches* de Sartre au théâtre (juin) Desnos, *États de veille* *L'Honneur des poètes* Kessel/Druon, « Le Chant des Partisans » Kessel, *L'Armée des ombres* Camus prend la direction du journal *Combat*	Groupe Manouchian fusillé, l'affiche rouge	8 juin Mort de Desnos au camp de Terezin

33 œuvres de résistance

La nuit de l'Occupation

« J'ÉCRIS DANS UN PAYS DÉVASTÉ PAR LA PESTE »
LOUIS ARAGON

Louis Aragon écrit ce poème en 1943, sous le pseudonyme de François la Colère. Alors que la victoire des Allemands semble inéluctable, il exprime sa colère et son désir de vengeance dans un long poème, Le Musée Grévin, *dont ce texte est extrait. Il s'en prend aux partisans du régime de Vichy, qu'il espère envoyer au musée de cire, comme fantômes de nos pires cauchemars. Cette évocation fantastique de l'occupation allemande rappelle l'appartenance d'Aragon au mouvement surréaliste.*

J'écris dans un pays dévasté par la peste
Qui semble un cauchemar attardé de Goya●
Où les chiens n'ont d'espoir que la manne[1] céleste
Et des squelettes blancs cultivent le soya[2]

1. **Manne** : nourriture miraculeuse envoyée par Dieu aux Hébreux, dans le désert. Plus généralement, avantage providentiel.
2. **Soya** : soja.

● Peintre et graveur espagnol (1746-1828), au service de la famille royale des Bourbon. Influencé par les idées des Lumières, il combat l'obscurantisme et le fanatisme. Il peint ses angoisses dans ses « peintures noires », alliant le sublime et le monstrueux. Il dénonce la guerre dans ses gravures *Les Désastres de la guerre* et ses célèbres tableaux *Dos de Mayo* et *Tres de Mayo*.

Un pays en tous sens parcouru d'escogriffes[1]
À coups de fouet chassant le bétail devant eux
Un pays disputé par l'ongle et par la griffe
Sous le ciel sans pitié des jours calamiteux

Un pays pantelant sous le pied des fantoches[2]
Labouré jusqu'au cœur par l'ornière des roues
Mis en coupe réglée au nom du Roi Pétoche[3]
Un pays de frayeur en proie aux loups-garous

J'écris dans ce pays où l'on parque les hommes
Dans l'ordure et la soif le silence et la faim
Où la mère se voit arracher son fils comme
Si Hérode● régnait quand Laval● est dauphin

J'écris dans ce pays que le sang défigure
Qui n'est plus qu'un monceau de douleurs et de plaies
Une halle à tous vents que la grêle inaugure
Une ruine où la mort s'exerce aux osselets

1. **Escogriffe** : homme qui prend sans demander (vocabulaire familier).
2. **Fantoche** : marionnette articulée que l'on bouge à l'aide d'un fil. Au sens figuré : personne sans volonté, facilement manipulable.
3. **Pétoche** : la peur en langage argotique.

● **Roi des Juifs sous le règne d'Auguste (73-4 av. J.-C.). *L'Évangile selon Saint Matthieu* rapporte qu'il aurait fait assassiner tous les enfants de Bethléem âgés de moins de deux ans, ayant appris la naissance du « roi des Juifs », Jésus.**

● **Chef du gouvernement du maréchal Pétain, du 18 avril 1942 au 19 août 1944, principal acteur de la politique de collaboration et de la persécution des Juifs.**

J'écris dans ce pays tandis que la police
À toute heure de nuit entre dans les maisons
Que les inquisiteurs● enfonçant leurs éclisses[1]
Dans les membres brisés guettent les trahisons

J'écris dans ce pays qui souffre mille morts
Qui montre à tous les yeux ses blessures pourprées[2]
Et la meute sur lui grouillante qui le mord
Et les valets sonnant dans le cor la curée

J'écris dans ce pays que les bouchers écorchent
Et dont je vois les nerfs les entrailles les os
Et dont je vois les bois brûler comme des torches
Et sur les blés en feu la fuite des oiseaux

J'écris dans cette nuit profonde et criminelle
Où j'entends respirer les soldats étrangers
Et les trains s'étrangler au loin dans les tunnels
Dont Dieu sait si jamais ils pourront déplonger

J'écris dans un champ clos où des deux adversaires
L'un semble d'une pièce armure et palefroi
Et l'autre que l'épée atrocement lacère
À lui pour tout arroi[3] sa bravoure et son droit

1. **Éclisse** : plaque de bois.
2. **Pourprées** : rougies.
3. **Arroi** : équipage.

● **Membre de l'Inquisition, tribunal créé par l'Église catholique et chargé de juger de la conformité par rapport au dogme religieux des cas qui lui étaient soumis.**

J'écris dans cette fosse où non plus un prophète
Mais un peuple est parmi les bêtes descendu
Qu'on somme de ne plus oublier sa défaite
Et de livrer aux ours la chair qui leur est due

J'écris dans ce décor tragique où des acteurs
Ont perdu leur chemin leur sommeil et leur rang
Dans ce théâtre vide où les usurpateurs
Ânonnent de grands mots pour les seuls ignorants

J'écris dans la chiourme[1] énorme qui murmure
J'écris dans l'oubliette au soir qui retentit
Des messages frappés du poing contre les murs
Infligeant aux geôliers d'étranges démentis

Comment voudriez-vous que je parle des fleurs
Et qu'il n'y ait des cris dans tout ce que j'écris
De l'arc-en-ciel ancien je n'ai que trois couleurs
Et les airs que j'aimais vous les avez proscrits

Louis Aragon, *Le Musée Grévin*, VII, vers 1 à 56, 1943.

1. **Chiourme** : ensemble des rameurs d'une galère.

« On tue »
Arlette Humbert-Laroche

Agent de liaison dans un groupe de résistance, Arlette Humbert-Laroche (1917-1943) est déportée au camp de Bergen-Belsen où elle meurt à 26 ans.

On tue,
D'un bout de la terre à l'autre
On tue,
On tue sur la mer,
La nuit on peut voir
Dans l'énorme et indifférente solitude
De l'eau,
Les cadavres
Qui ont encore leurs dernières larmes
À leurs faces de linge
Tournées vers le ciel noir.

On tue aux courbes fleuries des fleuves,
On tue aux flancs chauds des montagnes,
On tue dans les villes où le tocsin[1] qui sonne
Crie la douleur des dômes saignants
Et des cathédrales éclatées.
Là, depuis des siècles, des siècles on a travaillé,
Mais la terre est soudain devenue

1. Tocsin : son de cloche répété pour donner l'alarme.

Une éponge monstrueuse
Buvant la longue patience des hommes.

Partout la peur, la nuit, la mort.

Pourtant, le soleil est là.
Je l'ai vu ce matin
Jeune, fort exigeant.
Il ruisselait sur les toits
Il mordait au cœur les arbres,
Il empoignait la ville aux épaules
Et réclamait de la terre son réveil,
Il est là,
Il est au fond de toutes choses
Et, devant ce monde qui s'entrouvre, s'affaisse et se replie
Il y a la mystérieuse et latente énergie
Qui refuse les ténèbres
Et ne veut pas qu'on tue la vie.

Extrait de *19 poèmes de déportés*, Amicale de Ravensbrück, DR.

« Oradour »
Jean Tardieu

Le 10 juin 1944, peu après le débarquement allié en Normandie, une division de l'armée en fuite, poussée par une colère froide, décime un village paisible du Limousin, Oradour-sur-Glane, faisant 642 victimes innocentes. Jean Tardieu (1903-1995), poète, dramaturge, homme de radio (sur l'antenne de la Radio Diffusion Française clandestine) compose un poème sur ce massacre qui reste un traumatisme pour la mémoire collective française.

Oradour n'a plus de femmes
Oradour n'a plus un homme
Oradour n'a plus de feuilles
Oradour n'a plus de pierres
Oradour n'a plus d'église
Oradour n'a plus d'enfants

plus de fumée plus de rires
plus de toits plus de greniers
plus de meules plus d'amour
plus de vin plus de chansons.

Oradour j'ai peur d'entendre
Oradour je n'ose pas
approcher de tes blessures
de ton sang de tes ruines,
je ne peux, je ne peux pas
voir ni entendre ton nom.

Oradour je crie et hurle
chaque fois qu'un cœur éclate
sous les coups des assassins
une tête épouvantée
deux yeux larges deux yeux rouges
deux yeux graves deux yeux grands
comme la nuit la folie
deux yeux de petits enfants:
ils ne me quitteront pas.
Oradour je n'ose plus
lire ou prononcer ton nom.

Oradour honte des hommes
Oradour honte éternelle
haine et honte pour toujours.

Oradour n'a plus de forme
Oradour femmes ni hommes
Oradour n'a plus d'enfants
Oradour n'a plus de feuilles
Oradour n'a plus d'église
plus de fumées plus de filles
plus de soirs ni de matins
plus de pleurs ni de chansons.

Oradour n'est plus qu'un cri
et c'est bien la pire offense
au village qui vivait
et c'est bien la pire honte
que de n'être plus qu'un cri,

nom de la haine des hommes
nom de la honte des hommes
qu'à travers toutes nos terres
on écoute en frissonnant,
une bouche sans personne,
qui hurle pour tous les temps.

Jean Tardieu, in *Les Dieux étouffés*,
recueilli dans *Œuvres complètes*, © Éditions Gallimard.

« Le Veilleur du Pont-au-Change »
Robert Desnos

Poète surréaliste, homme de radio, fantaisiste, tendre et drôle, Robert Desnos (1900-1945) est un résistant de la première heure, membre du réseau Agir. Mort au camp de Terezin le jour de sa libération, il laisse des poèmes significatifs de la Résistance active. « Le Veilleur du Pont-au-Change » est un véritable manifeste de la poésie de la Résistance, animé d'un immense élan vital.

Je suis le veilleur de la rue de Flandre,
Je veille tandis que dort Paris.
Vers le nord un incendie lointain rougeoie dans la nuit.
J'entends passer des avions au-dessus de la ville.

Je suis le veilleur du Point du Jour.
La Seine se love dans l'ombre, derrière le viaduc d'Auteuil,
Sous vingt-trois ponts à travers Paris.
Vers l'ouest j'entends des explosions.

Je suis le veilleur de la Porte Dorée.
Autour du donjon le bois de Vincennes épaissit ses ténèbres.
J'ai entendu des cris dans la direction de Créteil
Et des trains roulent vers l'est avec un sillage de chants de révolte.

Je suis le veilleur de la Poterne des Peupliers.
Le vent du sud m'apporte une fumée âcre,
Des rumeurs incertaines et des râles
Qui se dissolvent, quelque part, dans Plaisance ou Vaugirard.

Au sud, au nord, à l'est, à l'ouest,
Ce ne sont que fracas de guerre convergeant vers Paris.

Je suis le veilleur du Pont-au-Change
Veillant au cœur de Paris, dans la rumeur grandissante
Où je reconnais les cauchemars paniques de l'ennemi,
Les cris de victoire de nos amis et ceux des Français,
Les cris de souffrance de nos frères torturés par les Allemands d'Hitler.

Je suis le veilleur du Pont-au-Change
Ne veillant pas seulement cette nuit sur Paris,
Cette nuit de tempête sur Paris seulement dans sa fièvre et sa fatigue,
Mais sur le monde entier qui nous environne et nous presse.
Dans l'air froid tous les fracas de la guerre
Cheminent jusqu'à ce lieu où, depuis si longtemps, vivent les hommes.

Des cris, des chants, des râles, des fracas il en vient de partout,
Victoire, douleur et mort, ciel couleur de vin blanc et de thé,
Des quatre coins de l'horizon à travers les obstacles du globe,
Avec des parfums de vanille, de terre mouillée et de sang,
D'eau salée, de poudre et de bûchers,
De baisers d'une géante inconnue enfonçant à chaque pas dans la terre grasse de chair humaine.

Je suis le veilleur du Pont-au-Change
Et je vous salue, au seuil du jour promis
Vous tous camarades de la rue de Flandre à la Poterne des Peupliers,
Du Point du Jour à la Porte Dorée.

Je vous salue vous qui dormez
Après le dur travail clandestin,
Imprimeurs, porteurs de bombes, déboulonneurs de rails, incendiaires,
Distributeurs de tracts, contrebandiers, porteurs de messages,
Je vous salue vous tous qui résistez, enfants de vingt ans au sourire de source
Vieillards plus chenus[1] que les ponts, hommes robustes, images des saisons,
Je vous salue au seuil du nouveau matin.

Je vous salue sur les bords de la Tamise[2],
Camarades de toutes nations présents au rendez-vous,
Dans la vieille capitale anglaise,
Dans le vieux Londres et la vieille Bretagne,
Américains de toutes races et de tous drapeaux,
Au-delà des espaces atlantiques,
Du Canada au Mexique, du Brésil à Cuba,
Camarades de Rio, de Tehuantepec[3], de New York et San Francisco.

J'ai donné rendez-vous à toute la terre sur le Pont-au-Change,
Veillant et luttant comme vous. Tout à l'heure,
Prévenu par son pas lourd sur le pavé sonore,
Moi aussi j'ai abattu mon ennemi.

Il est mort dans le ruisseau, l'Allemand d'Hitler anonyme et haï,
La face souillée de boue, la mémoire déjà pourrissante,

1. **Chenu** : qui a blanchi avec l'âge.
2. **La Tamise** : fleuve qui traverse Londres.
3. **Tehuantepec** : ville au sud-est de l'état mexicain d'Oaxaca.

Tandis que, déjà, j'écoutais vos voix des quatre saisons,
Amis, amis et frères des nations amies.

J'écoutais vos voix dans le parfum des orangers africains,
Dans les lourds relents de l'océan Pacifique,
Blanches escadres[1] de mains tendues dans l'obscurité,
Hommes d'Alger, Honolulu, Tchoung-King[2],
Hommes de Fez, de Dakar et d'Ajaccio.

Enivrantes et terribles clameurs, rythmes des poumons et des cœurs,
Du front de Russie flambant dans la neige,
Du lac Ilmen[3] à Kief, du Dniepr[4] au Pripet[5],
Vous parvenez à moi, nés de millions de poitrines.

Je vous écoute et vous entends. Norvégiens, Danois, Hollandais,
Belges, Tchèques, Polonais, Grecs, Luxembourgeois,
Albanais et Yougo-Slaves, camarades de lutte.
J'entends vos voix et je vous appelle,
Je vous appelle dans ma langue connue de tous
Une langue qui n'a qu'un mot :
Liberté !

Et je vous dis que je veille et que j'ai abattu un homme d'Hitler.
Il est mort dans la rue déserte

1. **Escadre** : ensemble de navires de guerre.
2. **Tchoung-King** : ville chinoise.
3. **Ilmen** : lac situé en Russie.
4. **Dniepr** : fleuve d'Europe orientale se jetant dans la mer Noire.
5. **Pripet** : cours d'eau de l'Europe de l'Est qui se jette dans le Dniepr.

Au cœur de la ville impassible j'ai vengé mes frères assassinés
Au Fort de Romainville et au Mont Valérien,
Dans les échos fugitifs et renaissants du monde, de la ville et des saisons.

Et d'autres que moi veillent comme moi et tuent,
Comme moi ils guettent les pas sonores dans les rues désertes,
Comme moi ils écoutent les rumeurs et les fracas de la terre.

À la Porte Dorée, au Point du Jour,
Rue de Flandre et Poterne des Peupliers,
À travers toute la France, dans les villes et les champs,
Mes camarades guettent les pas dans la nuit
Et bercent leur solitude aux rumeurs et fracas de la terre.

Car la terre est un camp illuminé de milliers de feux.
À la veille de la bataille on bivouaque par toute la terre
Et peut-être aussi, camarades, écoutez-vous les voix,

Les voix qui viennent d'ici quand la nuit tombe,
Qui déchirent des lèvres avides de baisers
Et qui volent longuement à travers les étendues
Comme des oiseaux migrateurs qu'aveugle la lumière des phares
Et qui se brisent contre les fenêtres du feu.

Ouvrage militaire utilisé comme camp d'internement par les Allemands pour les opposants à l'occupation nazie. 7 000 résistants y furent enfermés avant leur déportation vers les camps ou leur exécution au mont Valérien.

Situé à Nanterre, au nord-ouest de Paris, le fort du Mont-Valérien fut le principal lieu d'exécution des condamnés par les autorités allemandes.

Que ma voix vous parvienne donc
Chaude et joyeuse et résolue,
Sans crainte et sans remords
Que ma voix vous parvienne avec celle de mes camarades,
Voix de l'embuscade et de l'avant-garde française.
Écoutez-nous à votre tour, marins, pilotes, soldats,
Nous vous donnons le bonjour,
Nous ne vous parlons pas de nos souffrances mais de notre espoir,
Au seuil du prochain matin nous vous donnons le bonjour,
À vous qui êtes proches et, aussi, à vous
Qui recevrez notre vœu du matin
Au moment où le crépuscule en bottes de paille entrera dans vos maisons.
Et bonjour quand même et bonjour pour demain !
Bonjour de bon cœur et de tout notre sang !
Bonjour, bonjour, le soleil va se lever sur Paris,
Même si les nuages le cachent il sera là,
Bonjour, bonjour, de tout cœur bonjour !

Robert Desnos, in *Destinée arbitraire*.

Le choix de l'honneur

« APPEL DU 18 JUIN »
CHARLES DE GAULLE

Le général de Gaulle, refusant l'armistice et l'occupation allemande, rejoint Londres le 17 juin 1940. Le 18 juin, il lance sur l'antenne de la BBC un appel à poursuivre la lutte. D'abord peu entendu, mais publié par la presse le lendemain et sur les radios étrangères, cet appel est considéré comme le texte fondateur de la Résistance.

Les chefs qui, depuis de nombreuses années, sont à la tête des armées françaises, ont formé un gouvernement. Ce gouvernement, alléguant la défaite de nos armées, s'est mis en rapport avec l'ennemi pour cesser le combat●.

Certes, nous avons été, nous sommes, submergés par la force mécanique, terrestre et aérienne, de l'ennemi. Infiniment plus que leur nombre, ce sont les chars, les avions, la tactique des Allemands qui nous font reculer. Ce sont les chars, les avions, la tactique des Allemands qui ont surpris nos chefs au point de les amener là où ils en sont aujourd'hui.

Mais le dernier mot est-il dit ? L'espérance doit-elle disparaître ? La défaite est-elle définitive ?

● **Le gouvernement de Vichy du maréchal Pétain, après avoir signé l'armistice, institue dès 1940 une politique de collaboration avec le régime nazi.**

Non !

Croyez-moi, moi qui vous parle en connaissance de cause et vous dis que rien n'est perdu pour la France. Les mêmes moyens qui nous ont vaincus peuvent faire venir un jour la victoire.

Car la France n'est pas seule ! Elle n'est pas seule ! Elle n'est pas seule ! Elle a un vaste Empire derrière elle. Elle peut faire bloc avec l'Empire britannique qui tient la mer et continue la lutte. Elle peut, comme l'Angleterre, utiliser sans limites l'immense industrie des États-Unis.

Cette guerre n'est pas limitée au territoire malheureux de notre pays. Cette guerre n'est pas tranchée par la bataille de France. Cette guerre est une guerre mondiale. Toutes les fautes, tous les retards, toutes les souffrances, n'empêchent pas qu'il y a, dans l'univers, tous les moyens nécessaires pour écraser un jour nos ennemis. Foudroyés aujourd'hui par la force mécanique, nous pourrons vaincre dans l'avenir par une force mécanique supérieure. Le destin du monde est là.

Moi, Général de Gaulle, actuellement à Londres, j'invite les officiers et les soldats français qui se trouvent en territoire britannique ou qui viendraient à s'y trouver, avec leurs armes ou sans leurs armes, j'invite les ingénieurs et les ouvriers spécialistes des industries d'armement qui se trouvent en territoire britannique ou qui viendraient à s'y trouver, à se mettre en rapport avec moi.

Quoi qu'il arrive, la flamme de la résistance française ne doit pas s'éteindre et ne s'éteindra pas.

Demain, comme aujourd'hui, je parlerai à la Radio de Londres.

« Chant de la libération »
ou « Chant des partisans »
Joseph Kessel et Maurice Druon

Écrit en 1943 par Joseph Kessel (1898-1979) et Maurice Druon (1918-2009), oncle et neveu, dans un pub du nord de Londres où ils avaient rejoint les Forces françaises libres du général de Gaulle, le « Chant des partisans » est l'hymne des résistants. Le texte est écrit d'après une chanson d'Anna Marly. Devenu le générique de l'émission « Honneur et Patrie » sur la BBC, signe de reconnaissance dans les maquis, il devient un succès mondial. Largué par les avions de la Royal Air Force sur la France occupée, il se répand rapidement auprès des Forces françaises de l'intérieur.

Ami, entends-tu
Le vol noir des corbeaux
Sur nos plaines ?
Ami, entends-tu
Les cris sourds du pays
Qu'on enchaîne ?
Ohé ! partisans,
Ouvriers et paysans,
C'est l'alarme !
Ce soir l'ennemi
Connaîtra le prix du sang
Et des larmes !

Montez de la mine,
Descendez des collines,
Camarades !

Sortez de la paille
Les fusils, la mitraille,
Les grenades...
Ohé ! les tueurs,
À la balle et au couteau,
Tuez vite !
Ohé ! saboteur,
Attention à ton fardeau :
Dynamite !

C'est nous qui brisons
Les barreaux des prisons
Pour nos frères,
La haine à nos trousses
Et la faim qui nous pousse,
La misère...
Il y a des pays
Où les gens au creux des lits
Font des rêves ;
Ici, nous, vois-tu,
Nous on marche et nous on tue,
Nous on crève.

Ici chacun sait
Ce qu'il veut, ce qu'il fait
Quand il passe...
Ami, si tu tombes
Un ami sort de l'ombre
À ta place.
Demain du sang noir

Séchera au grand soleil
Sur les routes.
Sifflez, compagnons,
Dans la nuit la Liberté
Nous écoute...

Paroles de Joseph Kessel et Maurice Druon,
musique d'Anna Marly.

« Liberté »
Paul Éluard

Poète surréaliste, Paul Éluard (1895-1952) entre dans la Résistance en 1942. Il rassemble les poèmes s'élevant contre l'oppression nazie et la collaboration dans une anthologie, Poésie et vérité. *Son plus célèbre poème, « Liberté », y figure. Écrit à l'origine pour sa femme Nusch, il devient un hymne à la liberté d'expression et à la lutte contre l'oppression. Traduit en dix langues, il est parachuté sur les pays occupés.*

Sur mes cahiers d'écolier
Sur mon pupitre et les arbres
Sur le sable sur la neige
J'écris ton nom

Sur toutes les pages lues
Sur toutes les pages blanches
Pierre sang papier ou cendre
J'écris ton nom

Sur les images dorées
Sur les armes des guerriers
Sur la couronne des rois
J'écris ton nom

Sur la jungle et le désert
Sur les nids sur les genêts
Sur l'écho de mon enfance
J'écris ton nom

Sur les merveilles des nuits
Sur le pain blanc des journées
Sur les saisons fiancées
J'écris ton nom

Sur tous mes chiffons d'azur
Sur l'étang soleil moisi
Sur le lac lune vivante
J'écris ton nom

Sur les champs sur l'horizon
Sur les ailes des oiseaux
Et sur le moulin des ombres
J'écris ton nom

Sur chaque bouffée d'aurore
Sur la mer sur les bateaux
Sur la montagne démente
J'écris ton nom

Sur la mousse des nuages
Sur les sueurs de l'orage
Sur la pluie épaisse et fade
J'écris ton nom

Sur les formes scintillantes
Sur les cloches des couleurs
Sur la vérité physique
J'écris ton nom

Sur les sentiers éveillés
Sur les routes déployées
Sur les places qui débordent
J'écris ton nom

Sur la lampe qui s'allume
Sur la lampe qui s'éteint
Sur mes maisons réunies
J'écris ton nom

Sur le fruit coupé en deux
Du miroir et de ma chambre
Sur mon lit coquille vide
J'écris ton nom

Sur mon chien gourmand et tendre
Sur ses oreilles dressées
Sur sa patte maladroite
J'écris ton nom

Sur le tremplin de ma porte
Sur les objets familiers
Sur le flot du feu béni
J'écris ton nom

Sur toute chair accordée
Sur le front de mes amis
Sur chaque main qui se tend
J'écris ton nom

Sur la vitre des surprises
Sur les lèvres attentives
Bien au-dessus du silence
J'écris ton nom

Sur mes refuges détruits
Sur mes phares écroulés
Sur les murs de mon ennui
J'écris ton nom

Sur l'absence sans désirs
Sur la solitude nue
Sur les marches de la mort
J'écris ton nom

Sur la santé revenue
Sur le risque disparu
Sur l'espoir sans souvenir
J'écris ton nom

Et par le pouvoir d'un mot
Je recommence ma vie
Je suis né pour te connaître
Pour te nommer
Liberté.

Paul Éluard, in *Au rendez-vous allemand*, 2011.

« Ce cœur qui haïssait la guerre »
Robert Desnos

Poète surréaliste, homme de radio, fantaisiste, tendre et drôle, Robert Desnos (1900-1945) est un résistant de la première heure, membre du réseau Agir. Mort au camp de Terezin le jour de sa libération, il laisse des poèmes significatifs de la résistance active. Ce poème paraît dans L'Honneur des poètes *le 14 juillet 1943, sous le pseudonyme de Pierre Andier. Desnos y met le lyrisme au service de l'engagement. La voix du poète appelle à la lutte, en un élan qui touche « des millions de cœurs » battant au même rythme et pour le même but : la liberté.*

Ce cœur qui haïssait la guerre voilà qu'il bat pour le combat et la bataille !
Ce cœur qui ne battait qu'au rythme des marées, à celui des saisons, à celui des heures du jour et de la nuit,
Voilà qu'il se gonfle et qu'il envoie dans les veines un sang brûlant de salpêtre[1] et de haine.
Et qu'il mène un tel bruit dans la cervelle que les oreilles en sifflent
Et qu'il n'est pas possible que ce bruit ne se répande pas dans la ville et la campagne
Comme le son d'une cloche appelant à l'émeute et au combat.
Écoutez, je l'entends qui me revient renvoyé par les échos.

1. **Salpêtre** : mélange de nitrates, présent sur les vieux murs, utilisé pour fabriquer la poudre à fusils.

Mais non, c'est le bruit d'autres cœurs, de millions d'autres cœurs
battant comme le mien à travers la France.
Ils battent au même rythme pour la même besogne tous ces cœurs,
Leur bruit est celui de la mer à l'assaut des falaises
Et tout ce sang porte dans des millions de cervelles un même mot d'ordre :
Révolte contre Hitler et mort à ses partisans !
Pourtant ce cœur haïssait la guerre et battait au rythme des saisons,
Mais un seul mot : Liberté a suffi à réveiller les vieilles colères
Et des millions de Français se préparent dans l'ombre
à la besogne que l'aube proche leur imposera.
Car ces cœurs qui haïssaient la guerre battaient pour la liberté
au rythme même des saisons et des marées,
du jour et de la nuit.

Robert Desnos, dans *L'Honneur des poètes.*

« Les Dents serrées »
Pierre Emmanuel

De son vrai nom Noël Mathieu, Pierre Emmanuel (1916-1984), enseignant, journaliste, participe à des actions de résistance dans la Drôme, qui lui inspirent des poèmes visionnaires, comme « Jour de colère », « Combats avec tes défenseurs », « La liberté guide nos pas » et « Les Dents serrées ».

Je hais. Ne me demandez pas ce que je hais
Il y a des mondes de mutisme[1] entre les hommes
Et le ciel veule[2] sur l'abîme, et le mépris
Des morts. Il y a des mots entrechoqués, des lèvres
Sans visage, se parjurant dans les ténèbres
Il y a l'air prostitué au mensonge, et la Voix
Souillant jusqu'au secret de l'âme
mais il y a le feu sanglant, la soif rageuse d'être libre
il y a des millions de sourds les dents serrées
il y a le sang qui commence à peine à couler
il y a la haine et c'est assez pour espérer.

Pierre Emmanuel, sous le pseudonyme de Jean Amyot,
dans *L'Honneur des Poètes.*

1. **Mutisme** : comportement d'une personne qui refuse de parler, qui veut garder le silence ou est réduite à le garder.
2. **Veule** : faible, sans force morale.

Seul dans Berlin
Hans Fallada

Hans Fallada (1893-1947) est le nom de plume de l'écrivain allemand Rudolf Nitzen. Arrêté brièvement en 1933 sur dénonciation, puis libéré, il quitte Berlin pour écrire une littérature distrayante que tolère le régime nazi. Il publie en 1946 Seul dans Berlin, *qui est, selon Primo Levi, « un des plus beaux livres sur la résistance allemande antinazie ». Quangel a perdu son fils à la guerre, il vient annoncer sa mort à sa jeune fiancée Trudel.*

L'entrevue a lieu dans un long couloir dont les murs passés à la chaux sont couverts d'affiches. Involontairement, le regard de Quangel tombe sur l'une d'elles, collée en oblique derrière Trudel. Il en lit quelques mots en gros caractères d'imprimerie :

AU NOM DU PEUPLE ALLEMAND

Puis trois noms, et :

ONT ÉTÉ CONDAMNÉS À LA PENDAISON
POUR CRIME DE HAUTE TRAHISON.
LA SENTENCE A ÉTÉ EXÉCUTÉE CE MATIN
AU PÉNITENCIER DE PLOETZENSEE.

Involontairement, il prend les mains de Trudel dans les siennes, et il l'éloigne de l'affiche.

– Qu'y a-t-il donc ? demande-t-elle, toute surprise.

[...] – Otto est mort, Trudel !

Du fond du cœur de Trudel monte le même « Oh ! » profond qu'il a eu lui aussi en apprenant la nouvelle. Un moment, elle arrête sur lui un regard brouillé de larmes. Ses lèvres tremblent. Puis elle tourne le visage vers le mur, contre lequel elle appuie le front. Elle pleure silencieusement. Quangel voit bien le tremblement de ses épaules, mais il n'entend rien.

[...] Et il s'aperçoit que Trudel a le front appuyé contre cette affiche dont il venait de l'éloigner. Au-dessus de sa tête se lit en caractère gras :

AU NOM DU PEUPLE ALLEMAND

Son front cache les noms des trois pendus...

Et voilà qu'il se dit qu'un jour on pourrait fort bien placarder une affiche du même genre avec les noms d'Anna, de Trudel, de lui-même... Il secoue la tête, fâché... N'est-il pas un simple travailleur manuel, qui ne demande que sa tranquillité et ne veut rien savoir de la politique ? Anna ne s'intéresse qu'à leur ménage. Et cette jolie fille de Trudel aura bientôt trouvé un nouveau fiancé...

Mais ce qu'il vient d'évoquer l'obsède :

« Notre nom affiché au mur ? pense-t-il, tout déconcerté. Et pourquoi pas ? Être pendu n'est pas plus terrible qu'être déchiqueté par un obus ou que mourir d'une appendicite... Tout ça n'a pas d'importance... Une seule chose est importante : combattre ce qui est avec Hitler... Tout à coup, je ne vois plus qu'oppression, haine, contrainte et souffrance !... Tant de souffrance !... [...] Qu'un seul être souffre injustement, et que, pouvant y changer quelque chose, je ne le fasse pas, parce que je suis lâche et que j'aime trop ma tranquillité... »

Francisco de Goya y Lucientes (1746-1828), *L'exécution du 3 mai 1808 ou el tres de mayo : « Los Fusilamentos de la Moncloa »* (*« La fusillade de Moncloa »*), 1814. Exécution des prisonniers par les soldats français le 3 mai 1808 suite à la révolte espagnole contre l'occupation française de Napoléon Ier. Musée du Prado, Madrid.

Pablo Picasso (1881-1973), *Guernica*, 1937.
Musée Reina Sofía, Madrid.

Jean-Pierre Melville (1917-1973), *L'Armée des ombres*, 1969.
Jean-Pierre Cassel dans le rôle de Jean-François Jardie.

« Des libérateurs ? La libération par l'armée du crime ! ». « L'affiche rouge » annonçant le procès des résistants du groupe Manouchian, en 1944.

Jean Fautrier (1898-1964), *Otage*, s.d., Musée de Sceaux.

Robert Doisneau (1912-1994). Imprimeur clandestin pendant l'occupation dans le quartier de l'École militaire, Paris.

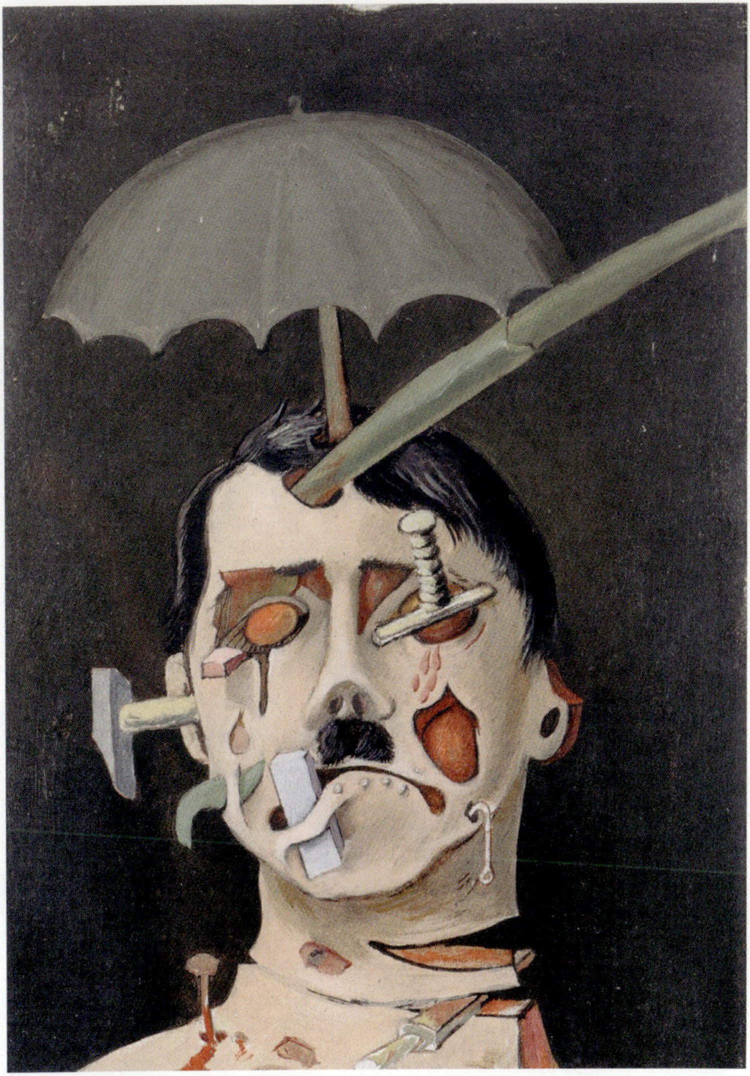

Victor Brauner (1903-1966), *Hitler*, 1934.
Musée national d'Art moderne, Centre Georges-Pompidou, Paris.

George Grosz (1893-1959), *God of War* (« Dieu de la Guerre »), 1940. Succession de George Grosz.

Il n'ose pas aller plus avant dans ses pensées. Il a peur, réellement peur, qu'elles ne le poussent implacablement à changer sa vie, de fond en comble.

[...] – Viens, Trudel. Ne reste pas appuyée contre cette affiche !

Un moment, elle regarde sans comprendre le texte imprimé. Ses yeux sont de nouveau secs, ses épaules ne tremblent plus. Puis la vie revient dans son regard. Ce n'est plus un éclat joyeux, comme lorsqu'elle s'avançait dans ce couloir ; c'est un feu sombre, à présent. Avec fermeté et douceur à la fois, elle pose la main à l'endroit où se lit le mot « pendaison » :

– Je n'oublierai jamais, dit-elle, que c'est devant une de ces affiches que j'ai sangloté à cause d'Otto... Peut-être mon nom figurera-t-il aussi un jour sur un de ces torchons.

Elle le regarde fixement. Il a le sentiment qu'elle ne comprend pas toute la portée de ce qu'elle dit.

– Petite, réfléchis bien !... Toi, sur une affiche de ce genre !... Tu es jeune, tu as toute la vie devant toi... Tu riras de nouveau, tu auras des enfants.

Elle secoue fièrement la tête :

– Je ne veux pas d'enfants, aussi longtemps que je n'ai pas la certitude qu'on ne me les tuera pas. Aussi longtemps qu'un général peut dire : « Marche et crève !... » Père, continue-t-elle en lui saisissant les mains, père, peux-tu vraiment continuer à vivre comme avant, maintenant qu'ils t'ont tué ton fils ?

[...] – Mais que pouvons-nous donc faire ? répond désespérément Quangel. Nous ne sommes que quelques-uns, et tous les millions d'autres sont pour les nazis, maintenant plus que jamais, après cette victoire sur la France. Nous ne pouvons absolument rien faire.

– Nous pouvons faire énormément, murmure-t-elle. Nous pouvons saboter les machines, nous pouvons faire notre travail trop lentement et en dépit du bon sens, nous pouvons déchirer des affiches du genre de celle-ci et en placarder d'autres par lesquelles nous dirons aux gens comment on les trompe.

Elle continue, à voix encore plus basse :

– Mais l'essentiel, c'est que nous soyons autres que tous ceux-là, que nous n'en arrivions jamais à être et à penser comme eux. Nous ne serons jamais des nazis, même si les nazis conquièrent le monde entier.

– Et à quoi arriverons-nous, Trudel ? demande Quangel avec douceur. Je ne vois pas à quoi nous arriverons.

– Père, répond-elle, moi non plus je n'ai pas compris, au début. Et je ne comprends pas encore tout à fait. Mais, tu sais, nous avons constitué secrètement ici une cellule de résistance. Toute petite, pour commencer : trois hommes et moi... Il y en a un parmi nous qui a essayé de m'expliquer tout ça. Il a dit que nous sommes la bonne semence dans un champ envahi par la mauvaise herbe. S'il n'y avait pas cette bonne semence, le champ ne serait que mauvaise herbe. La bonne semence peut se propager...

Elle fait une pause, comme si quelque chose l'épouvantait.

– Qu'y a-t-il, Trudel ? s'étonne-t-il... Cette bonne semence, ce n'est pas une mauvaise idée... Je vais y réfléchir... J'ai tant de sujets de réflexion pour le moment...

Mais elle dit, pleine de honte et de repentir :

– Voilà que j'ai bavardé ! Et j'avais fait le serment sacré de ne dévoiler à personne l'existence de cette cellule !

Hans Fallada, *Seul dans Berlin*,
traduit par Laurence Courtois.

La Résistance expliquée à mes petits-enfants
Lucie Aubrac

Lucie Aubrac (1912-2007), enseignante, mère, grand-mère, est soucieuse de transmettre la mémoire et l'héritage des résistants. Dans La Résistance expliquée à mes petits-enfants, *elle répond patiemment aux questions de ses propres petits-enfants, leur expliquant les raisons de son engagement et les conditions de vie des résistants.*

– *Ces femmes, quel courage !*

– Justement, je voudrais bien que vous compreniez que la Résistance ne se limite pas à l'usage de grenades ou de mitraillettes. Ainsi, les riches mines de charbon du Nord de la France devaient produire de plus en plus pour les transports allemands ; les mineurs se sont mis en grève, par patriotisme et à cause des cadences intenables. Les Allemands ont pris des sanctions : suppressions de salaire, amendes, prison, exécutions. Les femmes des mineurs ont décidé qu'il fallait soutenir et aider leurs maris ; elles ont récolté dans le bassin minier nourriture et argent. Elles se tenaient devant les soldats allemands à l'entrée du puits de mine et, après trois mois, elles ont gagné ! Les mineurs ont été payés et les cadences assouplies.

– *Moi, je ne voyais pas la Résistance comme cela ! C'est encore plus courageux que de faire sauter un train !*

– Il faut les deux ou, plutôt, il faut trouver toutes les façons qui nuisent à l'occupant et aux collaborateurs. Nous étions sûrs de gagner, la propagande ennemie ne pouvant étouffer la voix de la BBC : ces Français qui parlaient depuis Londres, qui nous racontaient le vrai déroulement de la guerre, qui nous disaient le courage des Forces françaises libres engagées en Afrique, sur mer et dans les airs. Ces noms plus jamais oubliés – Koufra, Bir Hakeim●, El-Alamein●, escadrille Normandie-Niemen – étaient aussi nos victoires. Les Français qui n'étaient pas actifs dans la Résistance n'étaient pas complètement dupes de Radio-Paris et essayaient d'en savoir plus en écoutant Londres.

– Il y a tout de même beaucoup de Français qui ont vécu tranquillement pendant ces quatre ans. Il y a des villages où on n'a jamais vu un soldat allemand.

– C'était vrai pour Oradour-sur-Glane, jusqu'au 10 juin 1944. Ce jour-là, une colonne allemande est venue, a brûlé les maisons, tué tous les hommes et incendié l'église dans laquelle ils avaient enfermé toutes les femmes et tous les enfants : cent quatre-vingt-quinze hommes, deux cent quarante-six femmes, deux cent sept enfants dont six nouveau-nés. C'est cela la barbarie imprévisible d'une soldatesque[1].

1. **Soldatesque** : troupe de soldats brutaux et indisciplinés.

● **Au milieu du désert de Lybie, du 26 mai au 11 juin 1942, les FFL du général Kœnig résistent aux attaques de l'Afrika Korps du général Rommel. Cette bataille offre un répit aux troupes britanniques, leur permettant de triompher ensuite à El-Alamein.**

● **Cette bataille, qui se déroule en octobre-novembre 1942 sur le sol égyptien, permet aux Britanniques de repousser les Allemands qui menacent la ville d'Alexandrie et le canal de Suez.**

– *Comment, avec toutes ces polices et tous ces risques, avez-vous réussi à vous en sortir ?*

– Beaucoup sont restés en route, les occasions de mourir ne manquaient pas. Nous avions deux jokers dans notre jeu : nous étions chez nous, nous connaissions les rues, les chemins, les immeubles à double entrée, le signal qui prévient ; eux, les envahisseurs, ils avaient la force, mais ça ne vaut pas notre deuxième joker : nous savions que le droit et la justice étaient de notre côté. Ils nous avaient volé la Liberté et l'Égalité, ils n'avaient pas pu interdire la Fraternité. Aucun d'entre nous n'était résistant pour s'en sortir personnellement. Nous nous battions pour des valeurs universelles, pour tous ces inconnus, hommes ou femmes, jeunes ou vieux, humiliés, exploités, et leur redonner, nous redonner aussi le droit de penser, d'aimer, en somme de vivre libres dans une démocratie retrouvée.

Lucie Aubrac, *La Résistance expliquée à mes petits-enfants*,

Contre l'horreur des camps de la mort

L'Écriture ou la vie
Jorge Semprun

Jorge Semprun (1923-2011) est un écrivain, scénariste et homme politique espagnol, qui a écrit presque toute son œuvre en français. Sa famille, républicaine, se réfugie à Paris où le jeune homme mène des études brillantes. Il rejoint la Résistance dans un réseau communiste en 1942. Il intègre également la section France des services secrets britanniques. Arrêté par la Gestapo, il est déporté au camp de Buchenwald. Il participe au soulèvement du camp, peu avant l'arrivée des troupes américaines du général Patton le 11 avril 1945.

Ils sont en face de moi, l'œil rond, et je me vois soudain dans ce regard d'effroi : leur épouvante.

Depuis deux ans, je vivais sans visage. Nul miroir, à Buchenwald●. Je voyais mon corps, sa maigreur croissante,

● Camp de concentration nazi créé en 1937, situé près de Weimar, en Allemagne. Les prisonniers politiques ou religieux, les Juifs, les républicains espagnols, les homosexuels, les prisonniers de guerre y étaient détenus dans des conditions atroces. Buchenwald est un lieu important de travail forcé. Les plus faibles étaient exécutés au phénol ou envoyés dans les camps d'extermination où ils étaient gazés. Les nazis y menèrent aussi des expériences médicales sur des prisonniers. Le 11 avril 1945, les Américains trouvèrent 20 000 personnes dans le camp, où furent exterminés 50 000 prisonniers.

une fois par semaine, aux douches. Pas de visage, sur ce corps dérisoire. De la main, parfois, je frôlais une arcade sourcilière, des pommettes saillantes, le creux d'une joue. J'aurais pu me procurer un miroir, sans doute. On trouvait n'importe quoi au marché noir du camp, en échange de pain, de tabac, de margarine. Même de la tendresse, à l'occasion.

Mais je ne m'intéressais pas à ces détails. Je voyais mon corps, de plus en plus flou, sous la douche hebdomadaire. Amaigri mais vivant : le sang circulait encore, rien à craindre. Ça suffirait, ce corps amenuisé mais disponible, apte à une survie rêvée, bien que peu probable.

La preuve d'ailleurs, je suis là.

Ils me regardent, l'œil affolé, rempli d'horreur. Mes cheveux ras ne peuvent pas être en cause, en être la cause. (...) Il ne reste que mon regard, j'en conclus, qui puisse autant les intriguer. C'est l'horreur de mon regard que révèle le leur, horrifié. Si leurs yeux sont un miroir, enfin, je dois avoir un regard de fou, dévasté. (...)

On peut toujours tout dire, en somme. L'ineffable[1] dont on nous rebattra les oreilles n'est qu'alibi. Ou signe de paresse. On peut toujours tout dire, le langage contient tout. On peut dire l'amour le plus fou, la plus terrible cruauté. On peut nommer le mal, son goût de pavot, ses bonheurs délétères[2]. On peut dire Dieu et ce n'est pas peu dire. On peut dire la rose et la rosée, l'espace d'un matin. On peut dire la tendresse, l'océan tutélaire[3] de la bonté. On peut dire l'avenir, les poètes s'y aventurent les yeux fermés, la bouche fertile.

1. **Ineffable** : qui ne peut être exprimé par des paroles, des mots.
2. **Délétère** : toxique, dangereux pour la santé.
3. **Tutélaire** : protecteur.

On peut tout dire de cette expérience. Il suffit d'y penser. Et de s'y mettre. D'avoir le temps, sans doute, et le courage, d'un récit illimité, probablement interminable, illuminé – clôturé aussi, bien entendu – par cette possibilité de se poursuivre à l'infini. Quitte à tomber dans la répétition et le ressassement. Quitte à ne pas s'en sortir, à prolonger la mort, le cas échéant, à la faire revivre sans cesse dans les plis et les replis du récit, à n'être plus que le langage de cette mort, à vivre à ses dépens, mortellement.

Mais peut-on tout entendre, tout imaginer ? Le pourra-t-on ? Et auront-ils la patience, la passion, la compassion, la rigueur nécessaire ? Le doute me vient, dès ce premier instant, cette première rencontre avec des hommes d'avant, du dehors – venus de la vie, à voir le regard épouvanté, presque hostile, méfiant du moins, des trois officiers.

Jorge Semprun, *L'Écriture ou la vie*,

Si c'est un homme
Primo Levi

Primo Levi (1919-1987) devient écrivain pour témoigner de son expérience au camp d'Auschwitz. Chimiste de formation, il subit les lois raciales italiennes de 1938, qui l'empêchent de trouver du travail, malgré ses études brillantes. Il entre en résistance en 1943, est arrêté et déporté. Survivant de la Shoah, il ressent l'impérieux besoin de raconter son histoire et l'horreur des camps, dès 1945.

Le 20 février, les Allemands avaient effectué dans le camp une inspection en règle, allant jusqu'à signifier publiquement au commissaire italien leur vif mécontentement pour la mauvaise organisation des cuisines et l'insuffisance du bois de chauffage ; à quoi ils avaient ajouté qu'une infirmerie entrerait sous peu en service. Mais le 21 au matin, on apprit que les juifs partiraient le lendemain. Tous sans exception. Même les enfants, même les vieux, même les malades. Destination inconnue. Ordre de se préparer pour un voyage de quinze jours. Pour tout juif manquant à l'appel, on en fusillerait dix.

Seule une minorité de naïfs et de dupes s'obstina à espérer : nous, nous avions eu de longues conversations avec les réfugiés polonais et croates, et nous savions ce que signifiait l'ordre de départ.

À l'égard des condamnés à mort, la tradition prévoit un cérémonial austère, qui marque bien que toute colère et toute passion sont désormais sans objet, et que l'accomplissement de la justice, n'étant qu'un triste devoir envers la société, peut admettre de la part du bourreau un sentiment de pitié envers la victime. Ainsi évite-t-on au condamné tout souci extérieur, il a droit à la solitude et, s'il le désire, à toute espèce de réconfort spirituel ; bref, on fait en sorte qu'il ne sente autour de lui ni haine ni arbitraire, mais la nécessité et la justice, et le pardon dont s'accompagne la punition.

Mais nous, nous n'eûmes rien de tout cela, parce que nous étions trop nombreux, et que le temps pressait. Et puis, finalement, de quoi aurions-nous dû nous repentir ? Qu'avions-nous à nous faire pardonner ? Le commissaire italien prit donc des dispositions pour que tous les services continuent à fonctionner jusqu'à l'ordre de départ définitif ; les cuisines restèrent ouvertes, les corvées de nettoyage se succédèrent comme à l'accoutumée, et même les instituteurs et les professeurs de la petite école donnèrent leur cours du soir, comme chaque jour. Mais ce soir-là les enfants n'eurent pas de devoirs à faire.

La nuit vint, et avec elle cette évidence : jamais être humain n'eût dû assister, ni survivre, à la vision de ce que fut cette nuit-là. Tous en eurent conscience : aucun des gardiens, ni italiens ni allemands, n'eut le courage de venir voir à quoi s'occupent les hommes quand ils savent qu'ils vont mourir.

Chacun prit congé de la vie à sa façon. Certains prièrent, d'autres burent outre mesure, d'autres encore s'abandonnèrent à l'ivresse d'un ultime, inexprimable moment de passion. Mais les mères, elles, mirent tous leurs soins à préparer la nourriture pour le voyage ; elles lavèrent les petits, firent les bagages, et à l'aube les barbelés étaient couverts de linge d'enfant qui séchait au vent ; et elles n'oublièrent ni les langes, ni les jouets, ni les coussins, ni les mille petites choses qu'elles connaissent si bien et dont les enfants ont toujours besoin. N'en feriez-vous pas autant vous aussi ? Si on devait vous tuer demain avec votre enfant, refuseriez-vous de lui donner à manger aujourd'hui ?

La baraque 6 A comptait parmi ses occupants le vieux Gattegno, accompagné de sa femme et d'une tribu d'enfants, de petits-enfants, de gendres et d'infatigables belles-filles. Tous les hommes de la famille étaient menuisiers ; ils étaient arrivés de Tripoli au terme de longues et nombreuses pérégrinations, et partout où ils passaient ils emportaient avec eux leurs outils, leur batterie de cuisine, et même leurs accordéons et leurs violons pour en jouer et danser le soir, après le travail, car c'étaient des hommes aussi gais que pieux. Leurs femmes, silencieuses et rapides, eurent fini avant toutes les autres les préparatifs de voyage, afin qu'il restât du temps pour célébrer le deuil ; et lorsque tout fut prêt, les galettes cuites et les paquets ficelés, alors elles se déchaussèrent et dénouèrent leurs cheveux ; elles disposèrent sur le sol les cierges funéraires, les allumèrent selon le rite des ancêtres et s'assirent en rond par terre pour les lamentations, et toute la nuit elles prièrent et pleurèrent. Nous demeurâmes nombreux à leur porte, et nous sentîmes alors descendre dans notre âme, nouvelle pour nous, l'antique douleur du peuple qui n'a pas de patrie, la douleur sans espoir de l'exode que chaque siècle renouvelle.

Primo Levi, *Si c'est un homme.*

La Résistance en action… jusqu’au sacrifice

Les Amants d’Avignon
Elsa Triolet

Elsa Triolet (1896-1970) est la muse de Louis Aragon qu’elle épouse en 1939. Femme de lettres, elle entre dans la Résistance avec son époux, contribuant à la diffusion des journaux Le Drôle en armes *et* Les Étoiles. *Elle publie des nouvelles et des romans aux Éditions de Minuit clandestines.* Les Amants d’Avignon *est une nouvelle extraite du recueil* Le premier accroc coûte 200 francs *(le titre est inspiré de la phrase qui annonçait le débarquement en Provence) qui obtient le prix Goncourt en 1945. Cette nouvelle raconte l’histoire de Juliette Noël, dactylo, qui mène dans l’ombre des actions de renseignement pour la Résistance.*

Mais Dieu sait que ce n’est pas Lyon qui donnait à Juliette cette pâleur, ces yeux cernés qui appelaient la sollicitude du rédacteur en chef, Lyon avait bon dos… Mlle Gérard, une autre dactylo du journal, une petite noiraude, avec laquelle Juliette s’était liée, lui disait, elle aussi : « Juliette, voulez-vous que je m'occupe de la Boîte-à-lettres ? Allez vous reposer, je me débrouillerai... Vous avez une mine à faire peur. — Je vous assure, Marie, que je me porte très bien ! Je ne suis pas malade, je me ronge... Plus la fin est proche et plus je me ronge... C'est insupportable de penser que des hommes périssent à la veille de la victoire ! — On a pris Pierrot, chuchotait Marie Gérard, le petit métallo, le communiste. La Gestapo a fait une descente chez le bistrot où il logeait. Ils l'ont passé à tabac, dans le bistrot même, sous les yeux de tout le monde, et ils l'ont emmené. Un enfant... Hier ils ont perquisitionné chez Benoît... Il n'était pas rentré, par chance, mais le copain qui l'attendait s'est fait choper. »

C'était la petite Gérard qui avait la première parlé à Juliette de la Résistance. D'abord à mots couverts, ne sachant pas trop ce qu'elle pensait, cette fille si gentille, mais réservée, distante... Mais le jour où arriva la nouvelle que le frère de Juliette était tombé en Libye, la petite noiraude, dans un accès de rage et de pitié, lui proposa carrément de travailler. Le sang du frère se portait garant de Juliette. Il y avait de ça plus d'un an, depuis, de fil en aiguille, Juliette s'était trouvée entièrement prise dans l'engrenage, on arrivait à l'utiliser de plus en plus : elle était discrète, calme, exacte et ne refusait jamais aucune tâche. Et il y avait à faire. Les nouvelles que ceux de la Résistance devaient se communiquer journellement — les mots d'ordre, les arrestations, les incidents de la relève, les actes de sabotage faits et à faire, la découverte d'un indicateur, une délation, les ravages faits par la Gestapo, la littérature clandestine, — étaient ramassés et distribués, les liaisons étaient faites par les Boîtes-à-lettres. La résistance armée s'organisait, s'armait d'armes secrètes, prises un peu partout, volées dans les arsenaux[1], cachées en 1940, lors de l'Armistice●, parachutées par les Anglais… Le cœur du pays battait, Juliette Noël, dactylo, y faisait, elle aussi, refluer le sang. Un front national se dressait face à l'occupant, une ligne Maginot●, vivante, saignante, douloureuse et tous les jours plus forte.

Juliette connaissait maintenant Lyon sur le bout du doigt, Fourvière, la Croix-Rousse, Saint-Jean[2], Villeurbanne[3] n'avaient plus de secret pour elle : elle connaissait toutes les lignes de tramway, le petit train bleu, les cafés, les bistrots, les bancs des squares, les traboules●, ces minces tunnels dont sont percés dans tous les sens les vieux pâtés de maisons et qui sont de fameux raccourcis (certaines traboules ont jusqu'à six, sept issues, donnant de tous les côtés, et si on se mettait à y jouer à cache-cache…). Juliette continuait à dire : « Je n'aime pas Lyon… », mais ce n'était peut-être plus très vrai.

Elsa Triolet, *Les Amants d'Avignon*.

1. **Arsenal** : chantier naval où l'on construit et répare des navires de guerre.
2. **Fourvière, la Croix-Rousse, Saint-Jean** : quartiers lyonnais.
3. **Villeurbanne** : ville de la banlieue lyonnaise.

● **Armistice signé le 22 juin 1940 par le maréchal Pétain afin de mettre fin aux hostilités et de fixer les conditions de l'occupation de l'Allemagne nazie, le paiement des compensations économiques et le sort des prisonniers.**

● **Ligne de fortification et de défense, réputée inviolable, construite par la France au cours des années 1920-1930 le long de ses frontières avec la Belgique, le Luxembourg, l'Allemagne, la Suisse et l'Italie.**

● **Les traboules, à Lyon, sont des passages étroits qui traversent un pâté de maison, permettant d'entrer par une rue et de sortir par une autre.**

L'Armée des ombres
Joseph Kessel

Joseph Kessel est un résistant très actif. Dans L'Armée des ombres, *publié en 1943, il rend hommage à ses camarades résistants. Cet extrait raconte l'exécution de Paul Dounat, qui a trahi son réseau. Hélas, ce n'est pas une chose facile de tuer de sang-froid un homme. Dans une maison banale dont les voisins entendent le moindre bruit, impossible d'utiliser une arme à feu...*

Lemasque se mit à marcher à travers la chambre. Il ne s'apercevait pas qu'il tirait si fort sur ses doigts que les jointures craquaient. Soudain il se boucha les oreilles. La petite fille dans la maison voisine recommençait à chanter. Son visage avait une telle expression que Gerbier eut peur de le voir céder à une crise de nerfs. Il vint à Lemasque et lui rabattit brutalement les poignets.

— Pas d'histoires, je vous prie, dit Gerbier. Il faut que Dounat meure. Vous êtes venu pour cela et vous nous aiderez. Un de nos radios a été fusillé par sa faute. Un camarade crève en Allemagne, cela ne vous suffit pas ?

Le jeune homme voulut parler. Gerbier ne lui en laissa pas le loisir.

— Vous êtes employé à la Mairie, je sais et aussi officier de réserve. Et votre métier n'est pas d'étouffer un homme sans défense. Mais Félix est garagiste et je suis ingénieur. Seulement en vérité, vous et Félix et moi nous ne sommes plus rien que des hommes de la résistance. Et cela change tout. Auriez-vous pensé, avant, que vous alliez fabriquer avec joie de faux cachets, de faux tampons, de faux documents, que vous seriez fier d'être faussaire ? Vous avez demandé à faire quelque chose de plus difficile. Vous êtes servi. Ne vous plaignez pas.

Félix était revenu sans bruit et il écoutait.

— Nous avons un spécialiste pour les exécutions, continua Gerbier. Mais il n'est pas libre aujourd'hui. Et tant mieux. Il faut que chacun ait sa part du plus dur. Il faut apprendre. Ce n'est pas de la vengeance. Ce n'est même pas de la justice. C'est une nécessité. Nous n'avons pas de prison pour nous protéger des gens dangereux.

— C'est juste, dit Félix. Je suis content de vous avoir entendu.

Sa figure franche et ronde avait repris une sorte de sérénité implacable. Il étira soigneusement le long et raide torchon de cuisine qu'il avait apporté. Lemasque tremblait toujours. Mais son tremblement allait s'affaiblissant comme à la fin d'un accès de fièvre.

— Portez Dounat sur cette chaise, dit Gerbier. Félix se mettra devant lui. Je tiendrai les bras, et Lemasque tiendra les genoux.

Dounat ne résista point.

Et vaguement étonné de voir que tout se déroulait avec tant de facilité — surtout intérieure —, Gerbier vint se placer derrière le dossier de la chaise que la tête de Paul Dounat dépassait. Mais au moment de saisir Dounat par les épaules, Gerbier hésita. Il venait de voir, sur le cou de Dounat, un peu plus bas que l'oreille, un grain de beauté pareil à celui que Dounat avait sur la lèvre supérieure. À cause de cette petite tache, la chair qui l'environnait semblait plus vivante, plus tendre, et friable, comme une parcelle d'enfance. Et Gerbier sentit que cette chair n'était pas d'un grain capable de supporter la torture. Par cette chair, la trahison de Dounat devenait innocente. Le Bison pouvait affronter la question. Et Félix. Et Gerbier lui-même. Mais pas Dounat, et sans doute pas davantage le jeune homme qui, accroché aux genoux du condamné, respirait comme on râle.

En face de Gerbier, Félix attendait que le chef fît un signe. Mais les bras de Gerbier étaient si lourds qu'il ne pouvait pas les poser sur les épaules de Dounat.

— À coup sûr, Félix, en ce moment, a une figure plus affreuse que ce malheureux, pensa Gerbier.

Puis il pensa à la bonhomie, à la fidélité, au courage de Félix, à sa femme, à son petit garçon maladif et sous-alimenté, à tout ce que Félix avait fait pour la résistance. Ne pas tuer Dounat c'était tuer Félix. Dounat vivant livrerait Félix. Cela aussi était inscrit dans la petite tache brune et la chair trop tendre du cou. Gerbier eut soudain la force de lever les bras. Ce n'était pas la faute de Paul Dounat s'il allait mourir et ce n'était pas la faute de ceux qui l'assassinaient. Le seul, l'éternel coupable, était l'ennemi qui imposait aux Français la fatalité de l'horreur.

Les mains de Gerbier retombèrent sur les épaules de Dounat. Mais en même temps Gerbier lui dit à l'oreille :

— Je te le jure, mon pauvre vieux, tu n'auras pas mal.

Le torchon roulé s'abattit sur la nuque faible. Félix tira sauvagement aux deux bouts. Gerbier sentit la vie s'épuiser très vite dans les bras qu'il tenait. Il lui sembla que leurs convulsions passaient dans son corps. Chacune d'elles accumulait en Gerbier une nouvelle force de haine contre l'Allemand et contre ses serviteurs.

Gerbier fit porter le corps de Dounat sur le matelas et le recouvrit de l'édredon rouge.

Il alla à la fenêtre. À travers les fentes des persiennes, on voyait un terrain vague. L'endroit était bien choisi.

Félix mettait son chapeau melon. Ses jambes courtes et fortes étaient peu sûres.

— On s'en va ? demanda-t-il d'une voix enrouée.

— Un instant, dit Gerbier.

Lemasque s'approcha de Gerbier. Son visage aigu et nerveux était couvert de sueur.

— Je ne croyais pas, dit-il, qu'on pût faire tant pour la résistance.

Il se mit à pleurer silencieusement.

— Moi non plus, dit Gerbier.

Il jeta un regard rapide sur l'édredon rouge et dit avec bonté à Lemasque :

— Il faut toujours avoir sur soi des pilules de cyanure. Et si vous êtes pris, il faut vous en servir, mon vieux.

Joseph Kessel, *L'Armée des ombres,*

Le Silence de la mer
Vercors

Jean Bruller, alias Vercors, écrit Le Silence de la mer *en 1943. C'est le premier livre publié aux Éditions de Minuit clandestines, dont il est le fondateur. Cette nouvelle raconte l'histoire d'un oncle et de sa nièce, qui se voient contraints de loger chez eux un officier allemand. Celui-ci, francophile, érudit, persuadé que la France et l'Allemagne peuvent devenir deux grandes nations amies, tente de lier conversation. Les deux hôtes résistent à leur manière, par le silence.*

L'officier reprit : « Cela était naturellement nécessaire. J'eusse évité si cela était possible. Je pense mon ordonnance fera tout pour votre tranquillité. » Il était debout au milieu de la pièce. Il était immense et très mince. En levant le bras il eût touché les solives[1].

Sa tête était légèrement penchée en avant, comme si le cou n'eût pas été planté sur les épaules, mais à la naissance de la poitrine. Il n'était pas voûté, mais cela faisait comme s'il l'était. Ses hanches et ses épaules étroites étaient impressionnantes. Le visage était beau. Viril et marqué de deux grandes dépressions le long des joues. On ne voyait pas les yeux, que cachait l'ombre portée de l'arcade. Ils me parurent clairs. Les cheveux étaient blonds et souples, jetés en arrière, brillant soyeusement sous la lumière du lustre.

Le silence se prolongeait. Il devenait de plus en plus épais, comme le brouillard du matin. Épais et immobile. L'immobilité

1. **Solive** : poutre.

de ma nièce, la mienne aussi sans doute, alourdissaient ce silence, le rendaient de plomb. L'officier lui-même, désorienté, restait immobile, jusqu'à ce qu'enfin je visse naître un sourire sur ses lèvres. Son sourire était grave et sans nulle trace d'ironie. Il ébaucha un geste de la main, dont la signification m'échappa. Ses yeux se posèrent sur ma nièce, toujours raide et droite, et je pus regarder moi-même à loisir le profil puissant, le nez proéminent et mince. Je voyais, entre les lèvres mi- jointes, briller une dent d'or. Il détourna enfin les yeux et regarda le feu dans la cheminée et dit : « J'éprouve une grande estime pour les personnes qui aiment leur patrie », et il leva brusquement la tête et fixa l'ange sculpté au-dessus de la fenêtre. « Je pourrais maintenant monter à ma chambre, dit-il. Mais je ne connais pas le chemin. » Ma nièce ouvrit la porte qui donne sur le petit escalier et commença de gravir les marches, sans un regard pour l'officier, comme si elle eût été seule. L'officier la suivit. Je vis alors qu'il avait une jambe raide.

Je les entendis traverser l'antichambre, les pas de l'Allemand résonnèrent dans le couloir, alternativement forts et faibles, une porte s'ouvrit, puis se referma. Ma nièce revint. Elle reprit sa tasse et continua de boire son café. J'allumai une pipe. Nous restâmes silencieux quelques minutes. Je dis : « Dieu merci, il a l'air convenable. » Ma nièce haussa les épaules. Elle attira sur ses genoux ma veste de velours et termina la pièce invisible qu'elle avait commencé d'y coudre.

Vercors, *Le Silence de la mer*.

Feuillets d'Hypnos, fragment 128
René Char

René Char (1907-1988) est un poète membre du surréalisme. Résistant actif, il milite sous le nom de Capitaine Alexandre. Il commande la Section atterrissage-parachutage du maquis de Céreste (Basses-Alpes). Les Feuillets d'Hypnos *sont ses notes du maquis. Plus qu'un journal intime ou un simple témoignage, il s'agit d'une réflexion humaniste et poétique sur l'horreur de la guerre. Cette écriture fragmentaire et brève, pourtant extrêmement travaillée et dense, témoigne de l'urgence de la situation du poète résistant, qui change souvent de lieu d'écriture, reste sur ses gardes. René Char les publiera en 1946, refusant de publier sous l'Occupation.*

Le boulanger n'avait pas encore dégrafé les rideaux de fer de sa boutique que déjà le village était assiégé, bâillonné, hypnotisé, mis dans l'impossibilité de bouger. Deux compagnies de SS ● et un détachement de miliciens le tenaient sous la gueule de leurs mitrailleuses et de leurs mortiers. Alors commença l'épreuve.

Les habitants furent jetés hors des maisons et sommés de se rassembler sur la place centrale. Les clés sur les portes. Un vieux, dur d'oreille, qui ne tenait pas compte assez vite de l'ordre, vit les quatre murs et le toit de sa grange voler en morceaux sous l'effet d'une bombe. Depuis quatre heures j'étais éveillé. Marcelle était venue à mon volet me chuchoter l'alerte. J'avais reconnu

● **Les Waffen-SS, soldats d'élite, nazis convaincus, célèbres pour leur brutalité et les crimes commis sur le théâtre de leurs opérations.**

immédiatement l'inutilité d'essayer de franchir le cordon de surveillance et de gagner la campagne. Je changeai rapidement de logis. La maison inhabitée où je me réfugiai autorisait, à toute extrémité, une résistance armée efficace. Je pouvais suivre de la fenêtre, derrière les rideaux jaunis, les allées et venues nerveuses des occupants. Pas un des miens n'était présent au village. Cette pensée me rassura. À quelques kilomètres de là, ils suivraient mes consignes et resteraient tapis. Des coups me parvenaient, ponctués d'injures. Les SS avaient surpris un jeune maçon qui revenait de relever des collets[1]. Sa frayeur le désigna à leurs tortures. Une voix se penchait hurlante sur le corps tuméfié[2] : « Où est-il ? Conduis-nous », suivie de silence. Et coups de pied et coups de crosse de pleuvoir. Une rage insensée s'empara de moi, chassa mon angoisse. Mes mains communiquaient à mon arme leur sueur crispée, exaltaient sa puissance contenue. Je calculais que le malheureux se tairait encore cinq minutes, puis, fatalement, il *parlerait*. J'eus honte de souhaiter sa mort avant cette échéance. Alors apparut jaillissant de chaque rue la marée des femmes, des enfants, des vieillards, se rendant au lieu de rassemblement, suivant un *plan concerté*. Ils se hâtaient sans hâte, ruisselant littéralement sur les SS, les paralysant « en toute bonne foi ». Le maçon fut laissé pour mort. Furieuse, la patrouille se fraya un chemin à travers la foule et porta ses pas plus loin. Avec une prudence infinie, maintenant des yeux anxieux et bons regardaient dans ma direction, passaient comme un jet de lampe sur ma fenêtre. Je me découvris à moitié et un sourire se détacha

1. **Collet** : piège pour animaux, sous forme de nœud coulant.
2. **Tuméfié** : enflé.

de ma pâleur. Je tenais à ces êtres par mille fils confiants dont pas un ne devait se rompre.

J'ai aimé farouchement mes semblables cette journée-là, bien au-delà du sacrifice.

René Char, *Feuillets d'Hypnos*, dans *Fureur et mystère*,
© Éditions Gallimard.

Lettre à un ami allemand
Albert Camus

Albert Camus (1913-1960) est un romancier, poète et dramaturge français, prix Nobel de littérature en 1957. Engagé dans la Résistance à travers le journalisme, il dirige le journal Combat *dans lequel paraissent les* Lettres à un ami allemand *: ces lettres imaginaires sont écrites à un ami tout aussi imaginaire. Elles ont pour but « d'éclairer un peu le combat aveugle où nous étions et, par là, de rendre plus efficace ce combat » écrit-il dans la préface.*

Car je vous l'ai dit, la certitude n'est pas la gaieté du cœur. Nous savons ce que nous avons perdu à ce long détour, nous connaissons le prix dont nous payons cette âpre joie de combattre en accord avec nous-mêmes. Et c'est parce que nous avons un sentiment aigu de ce qui est irréparable que notre lutte garde autant d'amertume que de confiance. La guerre ne nous satisfaisait pas. Nos raisons n'étaient pas prêtes. C'est la guerre civile, la lutte obstinée et collective, le sacrifice sans commentaire que notre peuple a choisi. C'est la guerre qu'il s'est donnée à lui-même, qu'il n'a pas reçue de gouvernements imbéciles ou lâches, celle où il s'est retrouvé et où il lutte pour une certaine idée qu'il s'est faite de lui-même. Mais ce luxe qu'il s'est donné lui coûte un prix terrible. Là encore, ce peuple a plus de mérite que le vôtre. Car ce sont les meilleurs de ses fils qui tombent : voilà ma plus cruelle pensée. Il y a dans la dérision de la guerre le bénéfice de la dérision. La mort frappe un peu partout et au hasard. Dans la guerre que nous menons, le courage se désigne lui-même, c'est notre plus pur esprit que vous fusillez tous les jours. Car votre naïveté ne va pas sans prescience[1]. Vous n'avez jamais su ce qu'il fallait élire, mais vous connaissez ce qu'il faut détruire. Et nous, qui nous disons défenseurs de l'esprit, nous savons pourtant que l'esprit peut mourir quand la force qui l'écrase est suffisante. Mais nous avons foi en une autre force. Dans ces figures silencieuses, déjà détournées de ce monde, que vous criblez de balles parfois, vous croyez défigurer le visage de notre vérité. Mais vous comptez sans l'obstination qui fait lutter la France avec le temps. C'est ce désespérant espoir qui nous soutient dans les heures difficiles : nos camarades seront plus patients que les bourreaux et plus nombreux que les balles. Vous le voyez, les Français sont capables de colère.

Albert Camus, *Lettres à un ami allemand*,

1. **Prescience** : faculté de connaître ou prévoir l'avenir.

Lettre de Guy Môquet

Guy Môquet (1924-1941) est un militant communiste. Il est le plus jeune des 48 otages fusillés le 22 octobre 1941 à Châteaubriant en représailles à l'attentat commis contre le lieutenant-colonel Karl Hotz par des résistants. Il est ainsi devenu un symbole de la Résistance française.

Ma petite maman chérie,
mon tout petit frère adoré,
mon petit papa aimé,

Je vais mourir ! Ce que je vous demande, toi, en particulier ma petite maman, c'est d'être courageuse. Je le suis et je veux l'être autant que ceux qui sont passés avant moi. Certes, j'aurais voulu vivre. Mais ce que je souhaite de tout mon cœur, c'est que ma mort serve à quelque chose. Je n'ai pas eu le temps d'embrasser Jean. J'ai embrassé mes deux frères Roger et Rino. Quant au véritable, je ne peux le faire hélas !

J'espère que toutes mes affaires te seront renvoyées, elles pourront servir à Serge, qui je l'escompte sera fier de les porter un jour. À toi petit papa, si je t'ai fait ainsi qu'à ma petite maman, bien des peines, je te salue une dernière fois. Sache que j'ai fait de mon mieux pour suivre la voie que tu m'as tracée.

Un dernier adieu à tous mes amis, à mon frère que j'aime beaucoup. Qu'il étudie bien pour être plus tard un homme.

17 ans et demi, ma vie a été courte, je n'ai aucun regret, si ce n'est de vous quitter tous. Je vais mourir avec Tintin, Michels. Maman, ce que je te demande, ce que je veux que tu me promettes, c'est d'être courageuse et de surmonter ta peine.

Je ne peux en mettre davantage. Je vous quitte tous, toutes, toi maman, Serge, papa, en vous embrassant de tout mon cœur d'enfant. Courage !

Votre Guy qui vous aime.

Guy ●

● **Le dernier message de Guy Môquet avant d'être fusillé : « Vous tous qui restez, soyez dignes de nous, les 27 qui allons mourir ! »**

« Strophes pour se souvenir »
Louis Aragon

Louis Aragon écrit ce poème en hommage aux vingt-trois membres du groupe Manouchian et à leur chef, le poète Missak Manouchian, fusillés en février 1944. Une affiche de propagande, « l'affiche rouge », placardée sur les murs de France, présentait ces militants d'origine arménienne comme de dangereux criminels. Aragon donne la parole au poète, en reprenant la dernière lettre qu'il écrivit à sa femme Mélinée.

Vous n'avez réclamé la gloire ni les larmes
Ni l'orgue ni la prière aux agonisants
Onze ans déjà que cela passe vite onze ans
Vous vous étiez servi simplement de vos armes
La mort n'éblouit pas les yeux des Partisans

Vous aviez vos portraits sur les murs de nos villes
Noirs de barbe et de nuit hirsutes[1] menaçants
L'affiche qui semblait une tache de sang
Parce qu'à prononcer vos noms sont difficiles
Y cherchait un effet de peur sur les passants

Nul ne semblait vous voir Français de préférence
Les gens allaient sans yeux pour vous le jour durant
Mais à l'heure du couvre-feu des doigts errants
Avaient écrit sous vos photos MORTS POUR LA FRANCE
Et les mornes matins en étaient différents

1. **Hirsute** : hérissé, d'aspect sauvage.

Tout avait la couleur uniforme du givre
À la fin février pour vos derniers moments
Et c'est alors que l'un de vous dit calmement
Bonheur à tous Bonheur à ceux qui vont survivre
Je meurs sans haine en moi pour le peuple allemand

Adieu la peine et le plaisir Adieu les roses
Adieu la vie adieu la lumière et le vent
Marie-toi sois heureuse et pense à moi souvent
Toi qui vas demeurer dans la beauté des choses
Quand tout sera fini plus tard en Erivan[1]

Un grand soleil d'hiver éclaire la colline
Que la nature est belle et que le cœur me fend
La justice viendra sur nos pas triomphants
Ma Mélinée ô mon amour mon orpheline
Et je te dis de vivre et d'avoir un enfant

Ils étaient vingt et trois quand les fusils fleurirent
Vingt et trois qui donnaient leur cœur avant le temps
Vingt et trois étrangers et nos frères pourtant
Vingt et trois amoureux de vivre à en mourir
Vingt et trois qui criaient la France en s'abattant

Louis Aragon, dans *Le Roman inachevé*,

1. **Erivan** : capitale de l'Arménie.

Garder espoir

« La Rose et le Réséda »
Louis Aragon

Dans ce poème écrit en 1943, au plus fort de l'occupation allemande, Aragon exprime l'union nécessaire de la population française contre la tyrannie, au-delà des clivages sociaux, politiques ou religieux. La rose, symbole du socialisme, dont la couleur rouge évoque le communisme (dont fait partie Aragon) et le réséda, représentant la droite politique, par sa couleur blanche (couleur de la monarchie, de la religion catholique), sont unis par la conjonction de coordination, comme doivent l'être toutes les forces de la nation.

Celui qui croyait au ciel celui qui n'y croyait pas
Tous deux adoraient la belle prisonnière des soldats
Lequel montait à l'échelle et lequel guettait en bas

Celui qui croyait au ciel celui qui n'y croyait pas
Qu'importe comment s'appelle cette clarté sur leur pas
Que l'un fut de la chapelle et l'autre s'y dérobât

Celui qui croyait au ciel celui qui n'y croyait pas
Tous les deux étaient fidèles des lèvres du cœur des bras
Et tous les deux disaient qu'elle vive et qui vivra verra

Celui qui croyait au ciel celui qui n'y croyait pas
Quand les blés sont sous la grêle fou qui fait le délicat
Fou qui songe à ses querelles au cœur du commun combat

Celui qui croyait au ciel celui qui n'y croyait pas
Du haut de la citadelle la sentinelle tira
Par deux fois et l'un chancelle l'autre tombe qui mourra

Celui qui croyait au ciel celui qui n'y croyait pas
Ils sont en prison Lequel a le plus triste grabat[1]
Lequel plus que l'autre gèle lequel préfère les rats

Celui qui croyait au ciel celui qui n'y croyait pas
Un rebelle est un rebelle deux sanglots font un seul glas[2]
Et quand vient l'aube cruelle passent de vie à trépas

Celui qui croyait au ciel celui qui n'y croyait pas
Répétant le nom de celle qu'aucun des deux ne trompa
Et leur sang rouge ruisselle même couleur même éclat

Celui qui croyait au ciel celui qui n'y croyait pas
Il coule, il coule, il se mêle à la terre qu'il aima
Pour qu'à la saison nouvelle mûrisse un raisin muscat

Celui qui croyait au ciel celui qui n'y croyait pas
L'un court et l'autre a des ailes de Bretagne ou du Jura
Et framboise ou mirabelle le grillon rechantera

1. **Grabat** : lit de très mauvaise qualité, misérable.
2. **Glas** : cloche que l'on sonne pour une personne qui vient de mourir ou lors de ses funérailles.

Dites flûte ou violoncelle le double amour qui brûla
L'alouette et l'hirondelle la rose et le réséda[1]

Louis Aragon, « La rose et le réséda »,
in *La Diane française*, Seghers, 1944.

1. **Réséda** : plante à fleurs très parfumées.

« Complainte du partisan »

Emmanuel d'Astier de la Vigerie

La « Complainte du partisan » est écrite en 1943 à Londres par Emmanuel d'Astier de la Vigerie (1900-1969), fondateur des mouvements « La Dernière Colonne » puis « Libération-Sud » et du journal Libération. *Cette chanson est mise en musique par Anna Marly. Elle passe pour la première fois à la BBC ; elle est parachutée sur la France occupée.*

Les Allemands étaient chez moi
On m'a dit résigne-toi
Mais je n'ai pas pu
Et j'ai repris mon arme.

Personne ne m'a demandé
D'où je viens et où je vais
Vous qui le savez
Effacez mon passage.

J'ai changé cent fois de nom
J'ai perdu femme et enfants
Mais j'ai tant d'amis
Et j'ai la France entière.

Un vieil homme dans un grenier
Pour la nuit nous a cachés
L'ennemi l'a su ●
Il est mort sans surprise.

Hier encore nous étions trois
Il ne reste plus que moi
Et je tourne en rond
Dans la prison des frontières.

Le vent souffle sur les tombes
La liberté reviendra
On nous oubliera
Nous rentrerons dans l'ombre.

Paroles d'Emmanuel d'Astier de La Vigerie dit « Bernard »,
musique d'Anna Marly.

● **Autre version :**
« Les Allemands l'ont pris. »

« Demain »
Robert Desnos

Poète surréaliste, homme de radio, fantaisiste, tendre et drôle, Robert Desnos (1900-1945) est un résistant de la première heure, membre du réseau Agir. Mort au camp de Terezin le jour de sa libération, il laisse des poèmes significatifs de la Résistance active. « Demain » paraît dans le recueil État de veille *en 1943 et donne une image lyrique et métaphorique de la vie quotidienne et clandestine des résistants.*

Âgé de cent mille ans, j'aurais encore la force
De t'attendre, ô demain pressenti par l'espoir.
Le temps, vieillard souffrant de multiples entorses,
Peut gémir : le matin est neuf, neuf est le soir.

Mais depuis trop de mois nous vivons à la veille,
Nous veillons, nous gardons la lumière et le feu,
Nous parlons à voix basse et nous tendons l'oreille
À maint bruit vite éteint et perdu comme au jeu.

Or, du fond de la nuit, nous témoignons encore
De la splendeur du jour et de tous ses présents.
Si nous ne dormons pas c'est pour guetter l'aurore
Qui prouvera qu'enfin nous vivons au présent.

Robert Desnos, dans *Destinée arbitraire,*

LE DOSSIER

33 œuvres pour résister à l'oppression

REPÈRES

PARCOURS DES ŒUVRES

TEXTE ET IMAGE

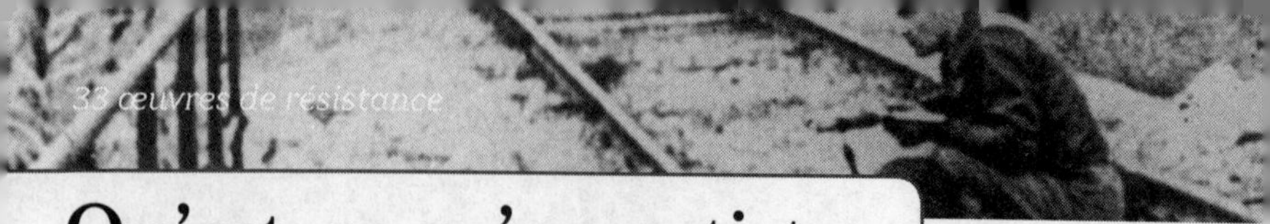

Qu'est-ce qu'un artiste engagé ?

Certains artistes, adeptes de « l'art pour l'art », pensent qu'art et politique sont des domaines bien distincts. D'autres pensent que l'artiste, qui exerce un métier public, a de ce fait une responsabilité dans la société de son temps.

● L'ENGAGEMENT, DÉFINITION

S'engager, c'est prendre parti pour une cause, choisir d'être un témoin actif de son temps. L'artiste engagé met son art au service de son engagement religieux, politique ou social, et invite le public à réfléchir ou à agir en faveur de la cause qu'il défend.

Cette prise de position dans la vie publique est aussi une prise de risque. L'artiste engagé affronte l'hostilité du pouvoir en place, voire des mesures de répression dans le cas d'un régime totalitaire (de la censure à la condamnation).

La censure au XXe siècle

La censure est la limitation de la liberté d'expression par le détenteur du pouvoir (politique ou religieux). Bien qu'elle ait disparu à la fin du XIXe siècle en France, elle est réapparue pendant les temps de crise que sont les deux conflits mondiaux.

Dès août 1940, les Allemands publient une liste d'ouvrages interdits. Le Syndicat des éditeurs français décide spontanément de collaborer avec la Propagandastaffel*. Un comité est chargé d'examiner les stocks et les nouveautés, et de livrer aux Allemands une liste des ouvrages interdits.*

Depuis la fin de la Deuxième Guerre mondiale, l'artiste ne subit pas de censure officielle mais doit répondre devant la justice s'il tient des propos discriminatoires, négationnistes, s'il provoque la haine ou la violence par le biais de ses œuvres.*

● DES LUMIERES AUX PARNASSIENS : L'ART EST-IL « UTILE » ?

Au XVIIIe siècle, les philosophes des Lumières (Montesquieu, Voltaire, Diderot) se veulent les défenseurs de la liberté d'expression, et attribuent à l'art une mission d'éducation. L'artiste devient une figure libre qui exprime une interprétation du monde fondée sur la raison.

Au XIXe siècle, les romantiques confèrent une utilité politique à l'artiste qui s'engage par ses écrits, mais aussi dans la vie publique.

Victor Hugo, homme politique et écrivain, fustige « Napoléon le Petit » dans Les Châtiments, *en 1853. Émile Zola s'engage sans relâche dans l'affaire Dreyfus en 1898.*

À l'inverse, les parnassiens (Théophile Gautier) tenants de « l'art pour l'art » revendiquent l'autonomie de l'art par rapport à la politique.

● LE MILIEU ARTISTIQUE FACE À LA MONTÉE DU FASCISME

Les années 1930 sont des années de contradictions. La prospérité alterne avec la crise ; les pacifistes prennent conscience qu'un deuxième conflit est inévitable ; les valeurs progressistes font place au retour des idées conservatrices, réactionnaires et nationalistes. L'artiste cherche sa place dans l'irrationalité du monde.

À la charnière de deux conflits mondiaux, la question de l'engagement et de la résistance face aux périls fascistes devient urgente et nécessaire.

En 1940, la situation et les choix sont difficiles et flous : la plupart des artistes, comme la majorité de la population, n'apportent pas de contribution majeure à la Résistance. D'autres, touchés par une opération de séduction menée par l'occupant, parfois convaincus par ses idées, choisissent la collaboration. Des célébrités, comme Sacha Guitry, Maurice Chevalier ou Jean Cocteau, refusant de renoncer à leur vie mondaine, adoptent une attitude ambigüe, collaborant un peu, tout en aidant des amis juifs.

Certains artistes choisissent de résister en préservant l'indépendance de l'art : ils arrêtent de créer, ou fuient le pays. Pour d'autres « l'art [est] un instrument de guerre offensive et défensive contre l'ennemi » (Picasso) : ce sont leurs œuvres qui transmettront un message. Une minorité s'engage sur le terrain (Louis Aragon, Paul Éluard, René Char).

Des poètes engagés

Louis Aragon (1897-1982)

Il organise la Résistance intellectuelle. En 1941, il fonde en 1941 le journal Les Lettres françaises *puis le Comité national des écrivains, regroupant en zone sud les intellectuels opposés au régime de Vichy. Il participe à l'action clandestine en rédigeant et diffusant la brochure* Les Martyrs. *Passé dans la clandestinité totale en 1943, il publie aux Éditions de Minuit sous le nom de François la Colère ou Jacques d'Estaing.*

René Char (1907-1988)

Refusant de publier entre 1940 et 1945, il se retire dans les Alpes-de-Haute-Provence avec sa famille. Sous le nom de Capitaine Alexandre, il est chef départemental de la Section atterrissage-parachutage (SAP) de cette région. Courageux, charismatique, meneur d'hommes, il supervise la réception, la cache et la distribution des armes larguées sur cette zone à forte densité maquisarde.

Paul Éluard (1895-1952)

Il anime le Comité national des écrivains en zone nord. En 1942, il publie clandestinement Poésie et vérité *où figure « Liberté » que les avions anglais parachutent dans les maquis. En 1943 il collabore à* L'Honneur des poètes, *anthologie qui réunit les poètes opposés aux idées nazies, puis rassemble les poètes militants dans* Au rendez-vous allemand.

Quels sont les genres de la littérature engagée ?

Les auteurs peuvent exprimer de façon ouverte et argumentée leurs idées à travers les genres majeurs de l'engagement : le traité et l'essai. Ils peuvent également le faire de manière plus voilée en utilisant le biais du récit, dans le théâtre, le roman et l'autobiographie. Enfin, ils peuvent allier recherche formelle et combat idéologique dans la poésie.

Artistes et société

Au XVIIIe *siècle, Voltaire dans le* Traité sur la tolérance *défend la famille Calas, injustement accusée de meurtre sur fond de querelle religieuse. Il revendique le droit à la libre pensée et fait l'apologie de la tolérance, qui nous permet de sortir de la barbarie. Voltaire manie l'érudition, la rhétorique, la dérision pour obtenir l'adhésion du lecteur. En 1849, Victor Hugo prononce devant l'Assemblée législative son* Discours sur la misère, *interpellant ses contemporains sur leur inertie face à la pauvreté qui sévit dans le pays. Zola publie sa lettre « J'accuse » dans le journal* L'Aurore *en 1898 pour provoquer une prise de conscience de la population face à l'injustice de l'affaire Dreyfus.*

● L'ESSAI ET LE TRAITÉ

L'essai et le traité sont les genres naturels de l'engagement. Dans ces ouvrages de réflexion à **dominante argumentative**, l'auteur donne clairement son point de vue. Pour dénoncer les travers moraux, religieux ou politiques de son temps, il manie le **registre polémique**, engageant un véritable combat contre l'adversaire, l'interpellant, le provoquant, s'indignant, maniant l'ironie*, utilisant un vocabulaire fortement péjoratif.

Pendant l'occupation allemande, les écrivains subissant la censure publient leurs essais clandestinement, comme Albert Camus dans le journal *Combat* avec les *Lettres à un ami allemand*.

L'engagement selon Sartre

Après la guerre, Sartre, dans Qu'est-ce que la littérature ?, *mène une réflexion sur l'essence de l'engagement. Écrire, c'est parler, révéler, c'est « agir ». Nul ne peut se dire innocent quand il a pris connaissance de cette révélation. « Écrire, c'est une certaine façon de vouloir la liberté ; si vous avez commencé, de gré ou de force vous êtes engagé. » L'engagement est une nécessité puisque nous sommes tous condamnés à choisir, dans notre vie, entre différents possibles !*

● LE THÉÂTRE

Le théâtre, à la fois texte et représentation, est une véritable tribune pour l'artiste engagé dans la société de son temps. Il met en scène l'état social, dont il fait la **satire*** (les comédies de Molière) ou pour lequel il **propose des changements**. Au XVIIIe siècle, Beaumarchais, dans *Le Barbier de Séville* ou *Le Mariage de Figaro*, fait une satire de la noblesse et défend les valets, Victor Hugo dans *Ruy Blas* défend le « peuple orphelin ». Le théâtre peut dénoncer à travers **l'allégorie***, comme le fait Ionesco dans *Rhinocéros* (1959).

La montée du fascisme à l'aube de la Seconde Guerre mondiale est présentée comme une épidémie, la « rhinocérite », qui transforme les habitants d'une ville en rhinocéros.

La force de la représentation

Le théâtre, plus qu'un genre littéraire, est un art vivant, dans lequel l'histoire et les idées sont portées sur scène, incarnées dans la représentation. Il est d'autant plus exposé à la censure qu'il est exposé au regard du public.
En Allemagne, dès 1933, on détruit l'œuvre du dramaturge Bertold Brecht dans un autodafé ; celui-ci est déchu de la nationalité allemande et doit fuir le pays. Son œuvre veut inviter le lecteur à réfléchir : il doit se demander comment les injustices qu'il voit sur scène pourraient être changées. Pour lui, le théâtre est donc avant tout politique.
En France, l'œuvre de Sartre illustre le caractère ambigu de l'engagement sous l'Occupation. Sartre fait jouer Les Mouches *en 1943, ce qui fut souvent interprété comme un appel à lutter contre l'oppresseur. Pourtant,* Huis clos *ou* Les Mouches *obtiennent sans problème le visa de la censure allemande, et la première se déroule devant un parterre d'officiers allemands.*

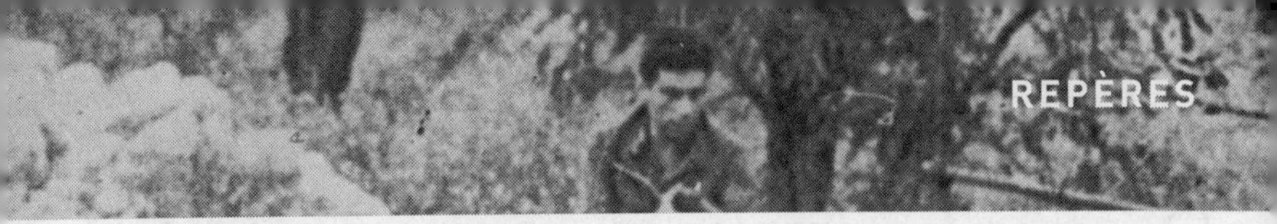

● L'AUTOBIOGRAPHIE, LE ROMAN

L'autobiographie est le récit que fait un auteur de sa propre vie. Il mêle ses émotions, ses pensées, ses réflexions au récit. Romain Gary (*La Promesse de l'aube*), Roald Dahl (*Escadrille 80*), choisissent ce mode d'écriture pour raconter leur engagement dans le conflit.
Des genres littéraires sont proches de l'autobiographie :
- le **journal**, écrit au jour le jour,
- les **mémoires**, écrits par des personnes illustres (*Mémoires* du général de Gaulle),
- les **récits autobiographiques** (*L'Écriture ou la vie* de Jorge Semprun, *Si c'est un homme*, de Primo Levi).

Pour échapper à la censure, l'auteur peut argumenter de manière indirecte en confiant son propos à un narrateur et à des personnages fictionnels. Depuis Rabelais au XVIe siècle (*Le Quart Livre*...), en passant par Victor Hugo (*Les Misérables*) ou Zola (*Les Rougon-Macquart*) au XIXe siècle, le **récit (roman, nouvelle)** véhicule à travers la fiction les idées de son auteur sur la société de son temps.

*Vercors (*Le Silence de la mer*) ou Joseph Kessel (*L'Armée des ombres*) utilisent ce moyen pour raconter la Résistance.*

● LA POÉSIE, LA CHANSON

La poésie est le genre par excellence de l'engagement : genre bref, il se mémorise, se recopie, circule facilement, dans des temps où tout est rationné (même le papier), contrôlé. Les résistants distribuent les poèmes sous forme de tracts pour encourager les leurs, appeler le peuple à les suivre, préserver la mémoire de ceux qui sont tombés. Les chansons deviennent de véritables hymnes (« Le Chant des Partisans ») qui unissent les résistants. De nombreux poètes se sont engagés dans la Résistance et l'ont parfois payé de leur vie.

La mélodie est utilisée comme indicatif de l'émission « Honneur et patrie » sur la BBC. Elle devient un signe de ralliement pour la Résistance.

Étape 1 • Confronter un poème et une photographie

SUPPORT • « Le Veilleur du Pont-au-Change » de Robert Desnos (p. 21) et photographie de Robert Doisneau « L'imprimeur clandestin » (p. VI).

OBJECTIF • Étudier l'image du résistant à travers un poème et une photographie.

As-tu bien lu ?

1 Robert Desnos a écrit ce poème :
- ☐ juste avant de se faire arrêter par les Allemands.
- ☐ dans un camp de concentration.
- ☐ après avoir tué un soldat allemand.

2 Le Pont-au-Change se trouve :
☐ à Londres. ☐ à Berlin. ☐ à Paris.

3 L'énonciateur est :
- ☐ un imprimeur clandestin.
- ☐ un porteur de messages.
- ☐ un membre de la Résistance qui fait le guet.

La figure du résistant, combattant de l'ombre

4 Relève les références au contexte historique présentes dans le poème. En quoi ancrent-elles le texte dans la réalité de l'époque ?

5 Relève le champ lexical de la guerre et celui de la souffrance. Quelle atmosphère règne dans le poème ?

6 Quelle figure de style rythme le poème ? Quelle impression crée-t-elle ?

7 « Il est mort dans le ruisseau, l'Allemand… » : pourquoi peut-on dire que le résistant est une figure paradoxale ? Quelle antithèse présente dans les vers 79 à 86 traduit ce paradoxe ?

8 Quelles sensations (visuelles, auditives, olfactives…) sont évoquées dans les strophes 1 à 6 ? Cite le texte pour appuyer ta réponse. Quelle image nous donnent-elles du veilleur ?

9 Observe les vers 40 à 46. Relève les actions de résistance citées, et les âges de la vie qui y sont associés. Que révèle le poète sur l'esprit de résistance ?

Le résistant, au cœur de Paris et au cœur du monde

10 Quel est le pronom personnel dominant dans ce poème ? Combien d'énonciateurs désigne-t-il ?

11 Où le Pont-au-Change se situe-t-il dans Paris et dans l'espace du poème ? Que symbolisent les ponts et les portes ? Quels sont leur enjeu par temps de guerre ?

12 Montre en t'appuyant sur le texte que le veilleur du Pont-au-Change ne veille pas seulement sur Paris, mais sur le monde.

13 Quelle est l'étymologie du mot « cœur » dans la strophe 12 ? Montre que le rythme de la dernière strophe s'approche de celui des battements du cœur. Que veut suggérer le poète ?

14 Quel mot unit les volontés et les courages des résistants du monde entier ? En quoi ce mot est-il un message d'espoir ?

Lire l'image

15 Décris la photographie de Doisneau à l'aide du tableau suivant :

Auteur et nature du document	Description du personnage	Description du lieu	Lumière du lieu	Atmosphère du lieu

16 Quels éléments de l'image suggèrent l'idée de résistance et de clandestinité ?

Faire le bilan

17 Quelle image du résistant nous est donnée dans le poème et la photographie ? Utilise quatre adjectifs qualificatifs pour la définir.

À toi de jouer

18 Ce poème est un appel à la résistance et à l'aide de toute l'Europe, au moment où le débarquement est proche. Rédige, à ton tour, deux quatrains en vers libres* sur le modèle des strophes 1 et 2, dans lesquelles tu appelleras tes camarades à participer à un projet qui te tient à cœur.

Étape 2 • Analyser la transposition d'un texte au cinéma

SUPPORT • Extrait de *L'Armée des ombres* de Joseph Kessel (p. 55), photogramme (p. III) et bande-annonce du film de Jean-Pierre Melville.

OBJECTIF • Montrer, à travers un extrait de roman et son adaptation en film, que la vie du résistant s'accompagne d'un bouleversement total des repères et des valeurs.

As-tu bien lu ?

1 Dounat doit mourir :
- ☐ parce qu'il a trahi son réseau lors d'un interrogatoire.
- ☐ parce qu'il risque de trahir le réseau lors d'un interrogatoire.
- ☐ parce qu'il veut tuer Gerbier.

2 Le vrai métier de Gerbier est :
☐ garagiste. ☐ ingénieur. ☐ fabriquant de faux papiers.

3 Gerbier et ses compagnons décident de tuer Dounat :
☐ par pendaison. ☐ par balle. ☐ par strangulation.

Les hommes de la Résistance

4 Montre que les résistants mènent une double vie, en citant leurs vrais métiers, puis leurs métiers clandestins.

5 Trouve dans le texte des indices permettant de cerner le personnage de Gerbier et classe-les dans le tableau suivant :

Un rôle de chef	Ses qualités	Un personnage humain

6 Quelle phrase de la fin du texte montre que le résistant est prêt à payer de sa vie pour défendre la cause ?

Le droit de vie et de mort

7 Pourquoi le mode d'exécution de Dounat impressionne-t-il tant Lemasque ?

8 Relève les arguments que donne Gerbier pour convaincre ses camarades d'exécuter Dounat.

9 Gerbier est-il lui-même si sûr de lui ? Quel détail le fait hésiter ? Pourquoi ? Pourquoi se décide-t-il finalement ?

10 Explique en quoi les notions de culpabilité et de responsabilité sont complètement différentes dans le contexte de la Résistance.

Lire l'image

11 Décris le photogramme du film *L'Armée des ombres* de Jean-Pierre Melville (p. III) : le cadrage, le décor, le personnage. Quelle atmosphère se dégage de cette scène ? Quelle image nous est donnée du résistant ?

12 Cherche sur Internet la bande-annonce du film. Décris et commente ce que tu vois en t'aidant du tableau suivant :

Les questions de la voix off	Les indices sur l'époque, les lieux, les personnages	Les actions	L'atmosphère (musique...)

Faire le bilan

13 « Seulement en vérité, vous et Félix et moi ne sommes plus rien que des hommes de la Résistance. Et cela change tout. » Explique ce que change le fait d'être un homme de la Résistance dans la vie de ces personnages.

À toi de jouer

14 Lis le texte extrait du *Silence de la mer*, de Vercors (p. 59). Comment les personnages réagissent-ils à la présence de l'officier nazi chez eux ? En quoi cette manière est-elle, elle aussi, un acte de résistance ?

Étape 3 • Étudier un poème engagé dans son contexte de création

SUPPORT • « Strophes pour se souvenir », de Louis Aragon (p. 68) et « L'affiche rouge » (p. IV).

OBJECTIF • Analyser le poème d'Aragon à la lumière de l'affiche de propagande qui l'a inspiré.

As-tu bien lu le poème ?

1 Complète avec les mots : dissuasif – emblème – 1956 – Manouchian – Louis Aragon – menuisier – résistants – 23 – Mont-Valérien – 21 février 1944 – arménien – propagande – martyre – communiste – affiche rouge

Les « Strophes pour se souvenir » ont été écrites en .... par .... pour commémorer le combat des .... du groupe ...., au nombre de ...., fusillés par les Allemands le .... au .... Missak Manouchian était un poète ...., militant .... qui exerçait en France le métier de .... Après l'exécution, la .... allemande décide, pour l'exemple, de placarder sur les murs de France l'............................... . Elle n'aura pas l'effet .... escompté, devenant l'................. du .... résistant.

L'hommage aux résistants

1 Commente la forme du poème : nombre de strophes, mètre utilisé, types de rimes. En quoi cette forme classique est-elle particulièrement adaptée au message livré par le poème ?

2 Quels éléments permettent de dater précisément le poème ?

3 À qui le poète s'adresse-t-il dans les vers 1 à 18 ? Relève le nom commun qui désigne ce destinataire. Quelles qualités le poète lui attribue-t-il ?

4 Identifie les figures de style utilisées dans les passages suivants :
– « quand les fusils fleurirent » (v. 31) : ....
– « Vingt et trois » répété (dernière strophe) : ....
– « amoureux de vivre à en mourir » (v. 34) : ....

5 Quels sont les derniers mots du poème ? Sur quels sentiments laissent-ils le lecteur ?

Une seconde voix

6 Pourquoi une partie du texte est-elle en italique ? Dans cette partie, qui parle, à qui, dans quel but ? Relève les indices d'énonciation.

7 Quel texte a inspiré ces lignes en italique ? Que cherche à faire Aragon en exposant ainsi l'intimité du couple Manouchian ?

8 Quels sont les sentiments exprimés par le condamné ? Cite le texte pour appuyer ta réponse.

9 En quoi l'atmosphère de la sixième strophe s'oppose-t-elle à celle des deux premières (appuie-toi sur les sonorités, les champs lexicaux) ?

Le poème et l'affiche

10 Dans quel passage le poète fait-il allusion à l'affiche rouge ?

11 Observe l'affiche p. IV et la manière dont elle est évoquée dans le poème, en t'aidant du tableau suivant :

	Les portraits des fusillés	Les renseignements donnés sur le groupe	La couleur de l'affiche
Sur l'affiche (observe et décris)			
Dans le poème (cite les passages évoquant l'affiche)			

12 Que ressent-on à la vue de l'affiche ? Que ressent-on à la lecture du poème ?

13 Comment les habitants mentionnés dans le poème ont-ils réagi de jour ? de nuit ? Pourquoi cette différence ?

Faire le bilan

14 En t'aidant des réponses ci-dessus, définis en une ligne le message de l'affiche, puis le message du poème.

À toi de jouer

15 Écoute la chanson de Léo Ferré « L'affiche rouge » : en quoi te paraît-elle une juste adaptation du poème ? Tu répondras dans un paragraphe argumenté.

Étape 4 • Comparer deux expressions de l'expérience concentrationnaire

SUPPORT • Extrait de *L'Écriture ou la vie*, de Jorge Semprun (p. 46) et « Otage », de Jean Fautrier (p. V).

OBJECTIF • Réfléchir, à travers un tableau et un texte d'inspiration autobiographiques, sur la possibilité de dire et de transmettre l'horreur vécue pendant la guerre.

As-tu bien lu le texte ?

1 Ce récit commence :
- ☐ à l'arrivée du narrateur dans le camp.
- ☐ juste avant qu'il ne se fasse fusiller.
- ☐ au moment de la libération du camp.

2 Le narrateur a en face de lui :
☐ des soldats nazis. ☐ des soldats français. ☐ des soldats américains.

As-tu bien observé l'image ?

3 Complète avec les mots suivants : Gestapo – barbarie – 1945 – peintures – horreur – guerre – sculptures
Jean Fautrier a exposé ses *Têtes d'otages* en .... Cette œuvre lui a été inspirée par son expérience de prisonnier de la .... Cette série comprend des .... et des .... Elles nous rappellent l'................. et la .... de la ....

4 Décris ce que tu vois sur cette peinture et explique ce que tu ressens, à l'aide du tableau suivant :

	Description	Effet produit
La composition (cadrage, point de vue…)		
Le personnage (représentation du corps, expression…)		
Les couleurs		

Un récit autobiographique

5 Relève deux indices qui montrent que le texte de Semprun est autobiographique.

6 « Ils sont en face de moi… et je me vois… » : quel est le temps et le mode des verbes ? Quelle est la valeur de ce temps ? « Depuis deux ans… » : quel est le temps dominant dans ce passage ? Qu'évoque-t-il ?

7 Quel est le point de vue narratif adopté ? Étudie le jeu des regards dans cet extrait.

Dire l'indicible

8 Relève, dans les lignes 1 à 9, trois adjectifs qualifiant le corps du narrateur. Que semble-t-il arriver à ce corps ? Pourquoi le narrateur a-t-il du mal à faire un portrait détaillé de lui-même ?

9 Que ressentent les soldats à la vue du narrateur ? Pourquoi ? Cite le texte pour dire à quel point l'homme est ici déshumanisé.

10 Quelle épreuve le narrateur doit-il affronter pour arriver à mener son récit ? Quel parti pris esthétique Jean Fautrier choisit-il pour représenter ses « Otages » ? Choisit-il de les peindre de manière explicite ? réaliste* ? Pourquoi ? Pour t'aider, fais une petite recherche sur la tendance de « l'art informel ».

Faire le bilan

11 « L'ineffable dont on nous rebattra les oreilles n'est qu'alibi. » Explique cette phrase. En quoi s'applique-t-elle aussi bien au texte qu'au tableau ? Appuie-toi sur tes réponses précédentes et sur le texte : quel doute le narrateur exprime-t-il dans le dernier paragraphe ? La tâche la plus difficile est-elle celle de la création ? En quoi cette création, de manière paradoxale, est-elle une renaissance pour l'artiste ?

À toi de jouer

12 Rédige, à l'aide du texte de Jorge Semprun, de celui de Primo Levi (p. 49) et du tableau de Jean Fautrier, un paragraphe argumenté sur le thème : en quoi l'expression artistique peut-elle être un exutoire pour son auteur ?

Étape 5 • Étudier le thème de la guerre

SUPPORT • « J'écris dans un pays dévasté par la peste » de Louis Aragon (p. 12), *Tres de Mayo* de Francisco de Goya (p. I) et *Guernica* de Pablo Picasso (p. II).

OBJECTIF • Analyser trois œuvres dépeignant l'horreur de la guerre, de genres, d'époques et d'auteurs différents.

As-tu bien lu le texte ?

1 Coche la bonne réponse.

	Vrai	Faux
Le poème porte sur un épisode de peste noire en France.	☐	☐
Le poème raconte une histoire de loups garous.	☐	☐

As-tu bien observé les images ?

2 Complète le texte avec les mots : espagnols – Napoléon – soldats – 1814 – prisonniers – exécution – Goya – insurrection – combat – Madrid – libération

Le tableau *Tres de Mayo* est un tableau de .... peint en .... Il commémore l'.................... de 400 .... le 3 mai 1808 par les .... de .... Leur .... à .... marque le début du .... pour la .... de l'Espagne.

3 Complète le texte avec les mots : nazis – cubiste – Pablo Picasso – 26 avril 1937 – bombardement – civile

Guernica est un tableau réalisé par .... à la suite d'un .... des .... sur le village de Guernica, pendant la guerre .... d'Espagne, le .... Ce tableau appartient à l'esthétique ....

La France dévastée par la guerre

4 Comment comprends-tu le mot « peste » du premier vers ?

5 Relève les éléments précis qui évoquent le contexte de l'occupation allemande. Qui est « le Roi Pétoche » (v. 11) ?

6 Quelle anaphore* rythme le poème ? Que signifie-t-elle ?

7 Relève le champ lexical de la souffrance et celui de la mort. Quel effet créent-ils sur le lecteur ?

8 Dans quels passages est-il fait allusion à la torture ?

Trois visions cauchemardesques de la guerre

9 Quelles sont les créatures fantastiques évoquées dans le poème d'Aragon ? En quoi le décor qu'il présente relève-t-il d'une vision infernale ?

10 Pourquoi peut-on parler de cauchemar pour qualifier ce poème ? En quoi ce cauchemar relève-t-il de l'esthétique surréaliste ?

11 Observe, décris et commente la peinture de Goya *Tres de Mayo* (p. I).

	Description	Impressions, sensations, sentiments provoqués
Composition (cadrage...)		
Personnages		
Couleurs		
Lumière		
Formes		

12 Observe, décris et commente la peinture *Guernica*, de Pablo Picasso (p. II), en reproduisant le tableau de la question 11.

13 Que te rappelle la victime levant les bras dans *Guernica* ? Est-ce un hasard ?

14 Dans quel passage du poème Aragon fait-il allusion à Goya ? Que veut-il dire ? En quoi le tableau *Tres de Mayo* correspond-il à un « cauchemar » ?

Faire le bilan

15 En quoi ces trois œuvres sont-elles des actes de résistance ? En quoi sont-elles liées l'une à l'autre, malgré les années qui les séparent ?

À toi de jouer

16 Raconte, puis dessine ton pire cauchemar. Ton récit, par les champs lexicaux utilisés, les figures de style, la variation sur les registres, traduira l'horreur qu'il t'inspire. Ton dessin sera réaliste ou non.

Étape 6 • Étudier les thèmes de l'espoir et de la fraternité

SUPPORT • « Le Chant des partisans » de Joseph Kessel et Maurice Druon (p. 29), « Liberté » de Paul Éluard (p. 32) et « Demain » de Robert Desnos (p. 75).

OBJECTIF • Montrer comment des textes à vocation militante font appel au lyrisme pour exprimer l'espoir de meilleurs lendemains.

As-tu bien lu ?

1 Coche la bonne réponse.

	Vrai	Faux
Les textes du « Chant des partisans » et « Liberté » ont été parachutés sur la France occupée.	☐	☐
Paul Éluard a d'abord écrit « Liberté » pour une femme.	☐	☐
« Liberté » est un poème destiné à être chanté.	☐	☐
Le « Chant des partisans » a été écrit par Anna Marly.	☐	☐
« Demain » de Desnos évoque un vieillard qui souffre et gémit.	☐	☐

L'appel à la lutte

2 Pour chacun des trois textes, définis la situation d'énonciation : qui parle ? À qui les textes semblent-ils s'adresser ?

3 Observe la forme des textes : quel est le type de vers ? Quelle remarque fais-tu sur la ponctuation ? En quoi la forme choisie est-elle adaptée au message ? En quoi ces textes peuvent-ils facilement circuler de bouche à oreille ?

4 Dans un tableau, relève et classe les passages du « Chant des partisans » qui évoquent la guerre et les actions de la Résistance :

La guerre et l'Occupation	Les résistants et leurs origines sociales	Les actions de la Résistance	Les espoirs et les idéaux des résistants

5 Dans « Demain », quels sont les éléments qui font allusion à la vie clandestine des résistants et à la nuit de l'Occupation ? Comment le résistant est-il présenté ? Le texte contient-il des références explicites au contexte de l'Occupation ? Pourquoi ?

Quand résister veut dire espérer

6 Observe, dans le poème « Liberté », les supports sur lesquels le poète écrit.
a. Classe-les selon qu'ils sont concrets ou abstraits. Repère les allusions au temps et aux âges de la vie.
b. Quelle strophe se distingue des autres ? Pourquoi ? En quoi peut-on parler de « chute » ? En quoi on peut le définir comme un poème incantatoire au service de la Résistance ?

7 Utilise trois adjectifs pour qualifier la relation qui unit les résistants dans « Le Chant des partisans ». Justifie ta réponse en t'appuyant sur le texte.

8 Dans « Demain », relève le champ lexical du temps.
a. Comment ces mots, de par leurs sonorités, leur place à la rime, se font-il écho et expriment-ils l'idée de changement ?
b. « Mais depuis trop de mois nous vivons à la veille » : explique ce jeu de mot. En quoi introduit-il l'idée d'espérance ?

Étudier la langue

9 Identifie ces figures de style dans « Demain » et commente l'effet qu'elles produisent : « Âgé de cent mille ans » ; « ô demain pressenti par l'espoir » ; « Le temps, vieillard souffrant de multiples entorses, Peut gémir » ; « perdu comme au jeu » ; « du fond de la nuit de la splendeur du jour » ; « c'est pour guetter l'aurore ».

Faire le bilan

10 Montre, en t'appuyant sur tes réponses précédentes, que ces trois textes sont à la fois un appel à l'action collective et des textes lyriques exprimant la force de l'espérance.

À toi de jouer

11 Cherche sur Internet différentes versions du « Chant des partisans » : par Germaine Sablon (1943), Yves Montand (1958) et Zebda (2001). Dans quel contexte a-t-il été repris ? Comment les chanteurs se le sont-ils approprié (rythme, mélodie, chœurs, ajouts) ? Pourquoi peut-on dire que ce chant est un hymne intemporel de la résistance ?

Étape 7 • Exploiter les données de l'enquête

SUPPORT • *Seul dans Berlin* de Hans Fallada (p. 39), *La Résistance expliquée à mes petits-enfants* de Lucie Aubrac (p. 43) et *Lettres à un ami allemand* d'Albert Camus (p. 64).

OBJECTIF • Définir la notion d'engagement, ses motivations, ses enjeux, à la lumière de trois textes du corpus.

As-tu bien lu ?

1 Coche la bonne réponse.

	Vrai	Faux
Trudel est la petite amie d'Otto, le fils de Quangel.	☐	☐
Trudel est la chef d'un réseau de résistants.	☐	☐
Lucie Aubrac a participé à la bataille de El-Alamein.	☐	☐
Albert Camus écrit à un ami allemand qu'il a rencontré pendant ses études.	☐	☐

Quand l'oppression nous touche de près

2 Dans *Seul dans Berlin*, quelle raison fait émerger dans l'esprit de Quangel l'idée de combattre Hitler ? De quoi a-t-il peur ? Cite le texte pour justifier tes réponses.

3 Quels moyens de résister Trudel évoque-t-elle ?

4 De quoi Trudel a-t-elle peur à la fin de l'extrait ? Pourquoi résister demande-t-il beaucoup de courage du côté allemand ? Cite le texte pour appuyer ta réponse.

5 Selon Lucie Aubrac, quelles sont les motivations des mineurs du Nord pour s'opposer aux nazis ?

6 Quelles sont les différentes manières de résister évoquées dans le texte de Lucie Aubrac ?

7 Selon Albert Camus, quels étaient les atouts des résistants français ?

Combattre pour des idées universelles

8 Pourquoi Trudel dit-elle ne pas vouloir faire d'enfants ? Quelles sont ses motivations pour résister ?

9 Selon Lucie Aubrac, pour quelles grandes idées et valeurs universelles, fondatrices de la nation française, les résistants combattaient-ils ?

10 Quelle différence Albert Camus fait-il entre la résistance et la guerre ? Qui sont les victimes de cette « guerre choisie » ?

11 « Mais ce *luxe* qu'il s'est donné à lui-même lui coûte un prix terrible » : identifie la figure de style de l'expression en italique. Dans quel mot répété ligne 10 trouve-t-il un écho ? Explique ce que veut dire Albert Camus.

12 « L'esprit peut mourir quand la force est suffisante » : explique cette expression.

La force de l'obstination et de la colère

13 Comment, selon Lucie Aubrac ou Albert Camus, les résistants ont-ils pu garder confiance en leur cause ?

14 Quels sentiments, dans le texte de Camus, soutiennent les résistants français et les mèneront à la victoire ?

15 « Ce désespérant espoir » : nommez et expliquez la figure de style.

Faire le bilan

16 Explique en quoi le résistant, en oubliant ses intérêts personnels pour le bien de l'humanité, devient un héros*. Justifie ta réponse par une citation de chacun des trois textes.

À toi de jouer

17 Imagine la suite de l'extrait de *Seul dans Berlin*. Tu raconteras les moyens d'actions choisis par Trudel et par Quangel, les risques qu'ils prennent, leurs conséquences.

La résistance contre les périls fascistes : l'exemple des républicains espagnols

OBJECTIF • Comparer deux documents (roman, photographie) qui montrent l'engagement absolu pour la liberté.

DOCUMENT 1 ERNEST HEMINGWAY, *Pour qui sonne le glas*, © éd. Gallimard.

Ernest Hemingway (1899-1961) est un écrivain, journaliste, et correspondant de guerre américain. Il couvre la guerre d'Espagne aux côtés des républicains. Pour qui sonne le glas *(1940) est inspiré de son vécu de journaliste. Robert Jordan, un jeune professeur américain engagé dans les Brigades internationales* est envoyé en Castille pour faire sauter un pont. Il prépare son attaque pendant trois jours, en compagnie des résistants républicains, et vit une relation passionnelle avec la jeune Maria. Le jour de l'attaque, rien ne se déroule comme prévu. Le pont saute, mais les troupes subissent de lourdes pertes. Robert Jordan est blessé en pleine retraite. Intransportable, il dit adieu à ses amis et à Maria. Il reste en arrière pour les couvrir.*

Il regarda de nouveau vers le bas de la pente et il songeait : J'ai horreur de quitter ça, c'est tout. J'ai grande horreur de quitter ça et j'espère que j'y ai fait quelque bien. Je m'y suis essayé avec tout ce que j'avais de dons. *Tout ce que j'ai de dons, tu veux dire. Disons, tout ce que j'ai.* Je combats depuis un an maintenant, pour ce en quoi je crois. Si nous sommes vainqueurs ici, nous serons vainqueurs partout. Le monde est beau et vaut la peine qu'on se batte pour lui et j'ai horreur de le quitter. Et tu as eu beaucoup de chance, se dit-il à lui-même, d'avoir eu une aussi bonne vie. Tu as eu une vie tout aussi bonne que celle de grand-père, bien qu'elle n'ait pas été aussi longue. Tu as eu une vie aussi bonne que possible grâce à ces derniers jours. Tu ne vas pas te plaindre alors que tu as eu tellement de chance ? Mais j'aimerais bien qu'il y ait un moyen de transmettre ce que j'ai appris. Grand Dieu, comme j'apprenais vite, vers la fin ! J'aimerais parler avec Karkov[1]. C'est à Madrid. Juste au-delà

1. **Karkov** : de son vrai nom Mikhaïl Kolskov, journaliste russe, agent de liaison des services secrets soviétiques. Il devient conseiller politique du gouvernement républicain espagnol et son consultant en matière d'aviation.

de cette montagne, puis à travers la plaine. En descendant, en quittant les rochers gris et les pins, la bruyère, les broussailles, à travers le haut plateau jaune, on la voit se dresser blanche et belle. Ça, c'est aussi vrai que les vieilles femmes de Pilar[2] qui boivent le sang des abattoirs. Il n'y a pas qu'une seule chose qui soit vraie. Tout est vrai. De même que les avions sont beaux, qu'ils soient à nous ou à eux. Ah, fichtre oui ! pensa-t-il.

[...] Il tendit la main vers la mitraillette, sortit le chargeur qui était dans le magasin, en prit d'autres dans sa poche, regarda dans le canon, remit le chargeur en place, puis regarda vers le bas de la pente. Peut-être une demi-heure, pensa-t-il. Maintenant, ne t'en fais pas.

[...] On allait rudement bien, quand cette chose nous a atteints, pensa-t-il. Mais c'est de la veine que ce ne soit pas arrivé pendant que j'étais sous le pont. Quand une chose est mal embringuée, il faut que ça arrive. Tu étais fait quand on a donné les ordres à Golz[3]. Tu le savais et c'est sans doute ce que Pilar sentait. Mais plus tard, on organisera mieux toutes ces choses-là. On devrait avoir des émetteurs portatifs à ondes courtes. *Oui, il y a des tas de choses qu'on devrait avoir*. Moi, je devrais avoir une jambe de rechange. Il sourit à cela. Il était en sueur, parce que sa jambe commençait à lui faire mal. Oh, qu'ils arrivent ! se dit-il. Je n'ai pas envie de faire comme mon père[4]. S'il le faut, je le ferai, mais j'aimerais mieux pas. Je suis contre. N'y pense pas.

[...] Écoute, il faudra peut-être que je le fasse, parce que, si je m'évanouis, ou quelque chose de ce genre, je ne suis plus bon à rien, et s'ils me font revenir à moi, ils me poseront un tas de questions et feront des choses et tout et tout, et ça n'est pas bon.

[...] Non, ce ne serait pas bien. Parce qu'il y a encore quelque chose que tu peux faire. Tant que tu sais ce que c'est, tu dois le faire. Tant que tu te rappelles ce que c'est, tu dois l'attendre. *Allons, qu'ils viennent, qu'ils viennent. Qu'ils viennent !*

2. **Pilar** : la « matrone » du groupe de républicains qui prépare l'attaque avec Robert Jordan.
3. **Golz** : le général qui a envoyé Robert Jordan en mission.
4. Le père de Robert Jordan s'est suicidé, comme le père d'Ernest Hemingway.

DOCUMENT 2 ROBERT CAPA, « Guerre d'Espagne, camp républicain, 5 septembre 1936 »

Le reporter Robert Capa (1913-1954) photographie la guerre d'Espagne, avec sa compagne Gerda Taro. Ce cliché est publié le 23 septembre 1936 dans le magazine Vu *consacré à la guerre d'Espagne, sans légende. Il est ensuite publié dans* Regards *et à la une de* Paris-Soir, *le 28 juin 1937, puis dans le magazine* Life *le 12 juillet 1937 sous le titre « Un républicain espagnol fauché d'une balle en pleine tête sur le front de Córdoba ». Cette image, symbole de la lutte du peuple espagnol contre le fascisme, et du courage du reporter de guerre, est devenue mythique.*

As-tu bien lu ?

1 Coche la bonne réponse.

	Vrai	Faux
Ernest Hemingway et Robert Capa appartenaient aux Brigades internationales*.	☐	☐
Robert Jordan est un professeur américain.	☐	☐
Robert Jordan veut se suicider.	☐	☐
La photographie de Robert Capa illustre un fait d'actualité.	☐	☐

Pour qui sonne le glas

2 Que ressent le personnage ? Montre qu'il s'attache aux éléments concrets qui l'entourent pour rester en vie.

3 Qui le pronom « ils » des deux derniers paragraphes désigne-t-il ? De quoi Robert Jordan a-t-il peur ? Qu'est-il déterminé à faire ?

4 « Tu étais fait quand on a donné les ordres à Golz » : qu'est-ce qui, dans la destinée du personnage, fait de lui un véritable héros* tragique ?

Lire l'image

5 Fais une recherche sur l'histoire de cette photographie : les conditions de la prise de vue, la controverse autour de sa publication.

6 Décris et commente cette image : quelle est la place du photographe, le cadrage ? Qualifie la lumière, le décor. Enfin, décris le personnage.

7 Pourquoi peut-on dire que cette image nous en dit autant sur l'engagement dans la guerre civile espagnole que sur celui du photoreporter ?

Faire le bilan

8 En quoi l'engagement de ces deux personnages est-il héroïque ? Quel témoignage pour l'avenir proche (Seconde Guerre mondiale) et pour les générations suivantes laissent-ils ?

À toi de jouer

9 Le titre *Pour qui sonne le glas* vient d'un sermon de John Donne (1572-1631) cité en épigraphe du roman.

Nul Homme n'est une Isle complète en soy-mesme ; tout Homme est un morceau de Continent, *une part du tout ; si une parcelle de terrain est emportée par la* Mer *l'*Europe *en est lésée, tout de même que s'il s'agissait d'un* Promontoire, *tout de même que s'il s'agissait du* Manoir *de tes amis ou du tien propre ; la mort de tout homme me diminue, parce que je suis solidaire du* Genre Humain. *Ainsi donc, n'envoie jamais demander : pour qui sonne le glas ; il sonne pour* toi.

Explique ces lignes et donne ton avis dans un paragraphe argumenté.

Deux guerres mondiales et une crise économique marquent la première moitié du vingtième siècle. Face à de telles circonstances, les artistes sont appelés à faire des choix et à se mêler de politique, particulièrement pendant l'occupation de la France par les nazis, de 1940 à 1944. Faut-il créer pour l'ennemi ou le régime qui collabore avec lui, se taire, ou s'engager contre ?

Écrivains et artistes sous l'Occupation

L'ENQUÊTE EN 5 ÉTAPES

1 Quel est l'enjeu de l'art et de la culture pour l'occupant ?

1940 : dès la signature de l'armistice, Hitler visite Paris, pavoisé de croix gammées. Dictateur, mais aussi peintre raté, Hitler rêve de s'emparer du modèle artistique français pour le joindre au modèle allemand et atteindre une hégémonie artistique mondiale.

• UN ENJEU IDÉOLOGIQUE, FINANCIER, TACTIQUE

Hitler ordonne immédiatement de « mettre en sûreté » les œuvres d'art des Juifs. Elles sont entreposées au Jeu-de-paume et au Louvre, expertisées, photographiées, emballées. Des Goya, Rembrandt, Van Dyck, Vélazquez, Watteau rejoignent l'Allemagne. Les plus modernes servent de monnaie d'échange ou sont vendues. Vichy proteste contre ces pillages, mais n'hésite pas à céder dans ses négociations des œuvres appartenant au patrimoine public, cachées dans des dépôts de province, comme *L'Agneau mystique* de Van Eyck.

• METTRE LA FRANCE SOUS CONTRÔLE

L'Allemagne met en place deux instances pour contrôler l'art et la culture. La *Propaganda Abteilung*, délégation du ministère de la Propagande du Reich dirigé par Goebbels, est installée à l'hôtel

Des chefs-d'œuvre saccagés

Le 27 juillet 1943, des œuvres jugées « dégénérées » par les nazis encombrent le musée du Jeu-de-paume. Impossible de les échanger ou de les vendre. Ils s'acharnent sur elles, les transpercent au couteau, les mettent en morceaux, puis les brûlent. Environ 600 œuvres, comme des tableaux de Masson, Miró, Picasso, Picabia, Klee, partent en fumée.

Certaines œuvres d'art spoliées aux Juifs par les nazis sont retrouvées après la guerre.

Majestic, à Paris. Elle est chargée de supprimer les idées antiallemandes et l'influence juive ou maçonnique dans la presse, la radio, les actualités, le cinéma. Le service de contrôle de l'ambassade, dirigé par Otto Abetz, mène une politique de « collaboration intellectuelle », organisant galas, échanges culturels...

Un enjeu économique et idéologique de taille

Ces services emploient 1073 personnes. Des moyens financiers colossaux leurs sont attribués : 90 millions de francs par mois pour la Propaganda Abteilung, *100 millions pour l'ambassade, déjà dotée d'une enveloppe d'un milliard. Des capitaux allemands sont investis dans la presse et l'édition.*

En avril 1942, les conditions sont durcies par la création de la Commission de contrôle du papier d'édition où travaillent des agents « sûrs » de la culture française : elle fait une sélection d'ouvrages, selon la quantité de papier attribuée chaque mois, et la soumet à la *Propagandastaffel* qui lui donne un numéro d'autorisation.

La « liste Otto »

Un décret, en août 1940, interdit la diffusion d'œuvres littéraires « antiallemandes ». La « liste Bernhard » mentionne les livres traduits de l'allemand évoquant le IIIe Reich, dont *Mein Kampf*. La « liste Otto[1] » fait l'inventaire de centaines d'auteurs interdits (de Gaulle, Aragon, Lénine, Claudel, Freud, Gide, Simenon...).

● ET EN ZONE LIBRE ?

Avant 1942, en zone libre, Vichy durcit les mesures mises en place au début de la guerre : contrôle de l'agence de presse officielle, censure et suspension immédiate de journaux... Trois ministres s'occupent de la culture : Paul Marion, Abel Bonnard et Fernand de Brinon ; ils mènent une politique collaborationniste acharnée.

La collaboration spontanée du Syndicat des éditeurs français

La liste Otto signale cette initiative : « Les éditeurs français ont décidé de retirer des librairies [...] des livres qui [...] ont systématiquement empoisonné l'opinion publique française, [...] en particulier les publications de réfugiés politiques ou d'écrivains juifs [...]. Les autorités allemandes ont enregistré avec satisfaction l'initiative des éditeurs français et ont de leur côté pris les mesures nécessaires. »

1. D'après le prénom de l'ambassadeur Otto Abetz.

2 Quel est le poids de la propagande allemande ?

Si les Allemands veulent imposer leur norme artistique, ils flattent celles de la France, se disent francophiles, se comportent en mécènes. « Laissons-les dégénérer », dit Hitler, qui juge la décadence française utile à l'affaiblissement du pays. Par la force de la propagande, ils convainquent bon nombre d'artistes d'exercer à nouveau.

● LE MONDE DE LA CULTURE « ARYANISÉ »

Les maisons d'édition tenues par des Juifs sont « aryanisées » (Nathan, Calmann-Lévy) : les parts des propriétaires sont revendues à des concurrents aryens*. Au théâtre, les comédiens ou metteurs en scène juifs n'ont plus le droit d'exercer. Au cinéma, on interdit les films produits ou dirigés par des Juifs, avec des acteurs juifs. La propriété des salles de cinéma est aryanisée. Les films anglais et américains sont interdits. On lance un appel d'offre : les places vacantes demandent à être pourvues.

● PROMOUVOIR LA CULTURE ALLEMANDE

Les Allemands présentent leur culture comme un idéal et l'opposent à une vision caricaturale et frivole de la culture française : Goebbels oblige

Les « Géants » d'Arno Breker

En mai 1942 sont exposés les « Géants » de l'allemand Arno Breker à l'Orangerie des Tuileries. Ces sculptures, s'inspirant de l'Antiquité, reflètent l'idéal esthétique nazi du « surhomme ». L'exposition, étalée dans les médias, frappe l'opinion par son caractère officiel : Breker est reçu à déjeuner à Matignon par Laval, les réceptions se multiplient, attirant le grand monde politique, financier et artistique.

Inauguration de l'exposition du sculpteur allemand Arno Breker.

les Français à ne produire que des films « légers, vides, et si possibles stupides ». À Paris, on promeut comédies légères au théâtre, frou-frous des cabarets...

● DES ARTISTES COURTISÉS

Les Allemands courtisent les élites intellectuelles dès avant la guerre : Brasillach est invité à un congrès nazi à Nuremberg en 1937, Otto Betz soudoie les patrons de presse pour qu'ils publient des articles proallemands. Les nazis, dès 1941, donnent à la culture l'apparence de la normalité. Ils vont jusqu'à faciliter le retour des artistes du spectacle en zone occupée, distribuent des matériaux.

Les artistes en voyage

Comédiens, troupes de music-hall, écrivains sont invités en Allemagne. En octobre 1941, des auteurs (Pierre Drieu La Rochelle, Robert Brasillach...) se rendent à un congrès national d'écrivains à Weimar. En novembre, des peintres et des sculpteurs (André Derain, Paul Belmondo...) sont invités à leur tour. Reçus magistralement (visite de musées nationaux, découverte de l'Allemagne, et même prostituées de luxe), certains artistes racontent à leur retour leurs bons souvenirs de voyage. Les plus lucides, gênés, se taisent.

3 Quels artistes continuent à créer ?

Pour les Français, au traumatisme de la défaite succèdent le soulagement, l'instinct de survie et la volonté de reprendre le cours de leur vie. Par l'autocensure, les artistes évitent la répression, qui les frappe plus pour des questions politiques ou raciales que pour des questions de forme. Grâce à une propagande allemande savamment orchestrée, les activités culturelles reprennent très vite presque « normalement ».

● LES INCONSCIENTS

Dans leur grande majorité, les artistes se plient aux règles de la censure. Beaucoup hésitent et adoptent une attitude aussi ambiguë que la période est trouble. Avec une certaine mauvaise foi, ils minimisent la situation : l'ennemi n'est pas si terrible. Pour ceux qui ne vivent que de leur art, créer est une question de survie matérielle. Certains, comme Jean-Paul Sartre, Simone de Beauvoir, Pablo Picasso, s'accommodent de la situation. Simone de Beauvoir dira qu'il « fallait bien vivre ». D'autres, comme Jean

« Il fallait bien vivre... »

Vercors raconte une conversation avec le journaliste André Thérive : « Après tout, me dit-il, c'est mon métier. Un garçon de café sert bien un bock à un Allemand, pourquoi un chroniqueur ne pourrait-il pas publier un article ? » (cité par Gisèle Sapiro dans La Guerre des écrivains, *éd. Fayard, p. 30).*

La chanson populaire

On chante dans les bistrots, les guinguettes et les salles (Ginette Leclerc, Charles Trenet, Maurice Chevalier) devant des parterres d'uniformes allemands. À Bobino, Édith Piaf chante « L'accordéoniste » : « son boulot, c'est de chanter, quoi qu'il arrive ».

Cocteau, Sacha Guitry ou Maurice Chevalier participent aux soirées mondaines organisées par les Allemands tout en aidant un ami juif qui en a besoin.

● LES COLLABORATEURS

Certains artistes adhèrent aux idées de la Révolution nationale[1] et à la collaboration. Les fascistes comme Pierre Drieu la Rochelle et Robert Brasillach sont reconnaissants envers les Allemands de « purger » le système des communistes, Juifs et francs-maçons, coupables idéaux d'une prétendue décadence de l'art et de la société. On en appelle à l'idée de « race », de tradition, de nation.

Retour d'Allemagne des écrivains français : Drieu la Rochelle et Brasillach auprès d'un officier nazi.

Pour oublier cette période sombre

Les Français se pressent dans les cinémas et les théâtres, malgré les difficultés liées au couvre-feu, aux évacuations en cas d'alerte, aux attentats... Ils y écoutent les nouvelles précédant les films avec l'interdiction formelle de réagir par des rires ou des commentaires.

D'autres profitent de la situation pour prendre les places de ceux que l'interdiction du parti communiste et les lois antijuives ont chassé.

● UNE PRODUCTION ARTISTIQUE QUI BAT SON PLEIN

La propagande nazie, qui diffuse l'idée d'une alliance franco-allemande pour la construction d'une « Europe nouvelle », porte ses fruits : de nombreux romans sont publiés, les galeries d'art ouvrent leurs portes, de même que les salles de spectacle parisiennes, pour le plus grand bonheur des soldats « touristes » allemands, auxquels on réserve des brasseries, des salles de théâtre ou de cinéma (le Rex et le Marignan). On fête la fin de la guerre dans une salle comble aux Folies-Bergère en 1940.

1. Révolution nationale : projet politique réactionnaire du régime de Vichy (rejet de la démocratie parlementaire, antisémitisme d'État, retour aux valeurs « traditionnelles », etc.).

Qu'ont fait les artistes résistants ?

Il est difficile de quantifier la part des artistes dans la Résistance. En 1940, peu entendent l'appel du général de Gaulle, battre le vainqueur nazi semble irréaliste. Chacun s'oppose comme il le peut, une infime minorité utilise les armes de la Résistance active.

• LE DÉPART VERS LA ZONE LIBRE

On compte des artistes parmi les 500 000 réfugiés en zone libre. Certains fuient les privations, les souffrances personnelles ; d'autres s'éloignent de l'occupant pour travailler en paix ou suivent le journal pour lequel ils travaillent (Camus). Ils s'installent à Vichy, à Lyon, en Provence, sur la Côte d'Azur (Louis Aragon, Elsa Triolet, Joseph Kessel…).

• L'EXIL

Des artistes fuient la France pour les États-Unis. Parmi eux Jules Romain, Claude Lévi-Strauss, Saint-John Perse, Henri Bernstein, des grands noms du cinéma comme Jean Renoir ou Michelle Morgan. Les surréalistes gagnent New-York avec André Breton, où ils rejoignent Chagall et Dali partis entre 1939 et 1941. « Ils s'opposent aux dictateurs par l'absence » (André Masson).

La villa Air-Bel

Immense villa de 18 pièces, la villa Air-Bel à Marseille, gérée par le Comité américain de secours, accueille les artistes avant leur départ aux États-Unis. Varian Fry, journaliste américain, y fournit des visas à André Breton, Max Ernst, Victor Brauner, Marcel Duchamp et à plus d'un millier de personnes, avant l'interdiction du comité en 1941.

Le personnage de Satan dans les *Visiteurs du soir* de Marcel Carné en 1942.

Les Visiteurs du soir

Marcel Carné, avec Les Visiteurs du soir *(1942), réalise un fabliau médiéval où on devine les allusions politiques. Il reste fidèle à son équipe (Prévert à l'écriture, Kosma à la musique) dont certains membres travaillent clandestinement pour raisons raciales.*

● LE JEU AVEC LES FORMES

Les artistes modernes transposent la réalité, rendent compte de manière plus ou moins explicite ou insolente de l'époque. Ainsi Jean Fautrier, en 1940, dans la Vallée-aux-Loups, un pavillon de banlieue parisienne, peint les *Otages*, en entendant les exécutions dans la forêt voisine, un constat d'horreur qui est un acte « d'obstinée résistance » selon le poète Francis Ponge.

● LE SILENCE, UN ACTE SYMBOLIQUE

De très rares artistes, tels Henri Matisse ou René Char, décident de refuser de créer tant que dure l'Occupation. L'écrivain Jean Guéhenno évite tout contact avec les Allemands ou les collaborateurs.

● LA RÉSISTANCE ACTIVE : LA CLANDESTINITÉ

Des initiatives éparses voient le jour. Le Parti communiste met en place des pôles de résistance par le Front national des arts, qui trouve ses racines dans la lutte antifasciste du Front populaire. Les groupes du « Musée de l'Homme » et des « Amis d'Alain-Fournier » (Jean Cassou, Agnès Humbert...) fondent le journal *Résistance*. Une vague d'arrestations et d'exécutions interrompt le

Publier dans la clandestinité

Vercors, membre du CNE, fonde en 1941 avec Pierre de Lescure les Éditions de Minuit et publie *Le Silence de la mer*. En zone libre ou dans les colonies, des revues publient en dehors des circuits légaux : *Poésie* de Pierre Seghers à Villeneuve-lès-Avignon, *Les Cahiers du Sud* de Jean Ballard à Marseille, *Confluences* de René Tavernier à Lyon... Des journalistes comme Camus participent à la presse clandestine.

réseau en 1942. Sartre tente en 1941 de constituer un groupe avec les étudiants de l'École normale supérieure.

En 1941, Aragon lance un projet de groupement des écrivains de la zone occupée autour du journal *Les Lettres françaises* avec Decour[1] et Paulhan. Il devient en 1943 le Comité national des écrivains (CNE) quand Aragon rassemble les écrivains de zone sud.

● LA LUTTE ARMÉE

Des artistes, peu nombreux, choisissent la lutte armée : René Char et Robert Desnos dans le réseau Agir, Jean Prévost qui meurt dans le maquis du Vercors.

René Char (1907-1988) dans le maquis de Céreste en 1943.

1. Decour est arrêté et fusillé en 1942.

5 Comment les artistes sont-ils sortis de la guerre ?

En 1944, c'est l'heure des comptes. L'épuration* commence dans un climat passionnel et sous une tension extrême à la Libération et au retour des déportés en 1945, avant de s'apaiser en 1946. Elle touche les milieux artistique et culturel, soulevant la question de la responsabilité de l'artiste.

• QUI JUGER ?

Doit-on juger les acteurs de la collaboration en fonction de leurs idées ou de leurs actes ? Doit-on comparer l'expression des idées pronazies d'un écrivain et celles d'un homme politique dont les décisions ont provoqué la mort de milliers de personnes ? Les marchands d'art, qui se sont enrichis sur le dos des Juifs, ne sont pas jugés, non plus que les producteurs en série des œuvres représentant le maréchal Pétain. La justice s'exerce surtout sur les intellectuels, qui ont de réelles motivations idéologiques et les ont exprimées de manière explicite.

• QUI JUGE ?

Le CNE dresse des listes noires d'écrivains collaborateurs. Brasillach, Céline, Chateaubriant, Jouhandeau, Drieu La Rochelle, Montherlant y figurent. L'épuration révèle les tensions internes de la Résistance, entre communistes (les plus virulents) et non-communistes, forces gaullistes et mouvements de Résistance. Elle est surtout menée par les comités professionnels et le Comité national des artistes peintres, dessinateurs, sculpteurs, graveurs, institué le 30 mai 1945, sous l'impulsion communiste.

La peur s'installe parmi les collaborateurs

Les rédacteurs du journal xénophobe Je suis partout *fuient vers l'Allemagne. Alfred Greven, directeur de la société cinématographique Continental, l'abandonne en brûlant ses archives.*

● LA LOTERIE DE L'ÉPURATION

Brasillach est condamné à mort, au terme d'un procès expéditif. De Gaulle refuse de le gracier. Drieu la Rochelle se suicide avant son procès. Montherlant est condamné à suspendre son activité pendant un an, Céline se voit confisquer ses biens. L'éditeur Robert Denoël est inculpé pour ses publications proallemandes ; il est assassiné avant son procès. Sacha Guitry, qui semble ne rien comprendre, est arrêté le 24 août 1944 et libéré deux mois plus tard.

● LES ÉCRIVAINS PRÉCONISENT LA CLÉMENCE

Certains, comme le journaliste Galtier-Boissière, pensent qu'on doit juger les intellectuels comme les ouvriers d'usine : « Reproche-t-on aux ouvriers de Renault d'avoir fait des tanks pour la Wehrmacht ? Un tank n'était-il pas plus utile aux Fritz qu'un écho du *Petit Parisien* ? » Camus a des doutes sur l'épuration intellectuelle : est-il juste de condamner à mort des gens dont le tort est d'avoir professé des idées répréhensibles ? Ainsi, ce sont les écrivains les plus courageux et exemplaires, Camus, Paulhan, Mauriac, qui préconisent la clémence.

Sacha Guitry interrogé en août 1944.

La virulence des Jeunesses communistes

Les tracts des Jeunesses communistes s'en prennent aux écrivains qui se sont « déshonorés en acceptant de participer à un voyage en Allemagne » en 1941. Le 3 octobre 1944, le comité directeur du Front national des arts, présidé par Picasso, ordonne leur arrestation et leur mise en jugement, ainsi que celle des artistes ayant participé au Comité d'honneur Arno Breker.

Petit lexique littéraire et artistique

Allégorie	Représentation d'une idée abstraite sous la forme d'un personnage.
Anaphore	Figure de style consistant à répéter un ou plusieurs mots en début de vers, de strophe ou de paragraphe.
Champ lexical	Ensemble de mots qui se rapportent à un même thème.
Chute	Dénouement inattendu d'un récit.
Fantastique	On parle de fantastique quand (dans un texte, un film...) l'inexplicable, l'étrange, l'irréel, font irruption dans la réalité.
Genre littéraire	Il caractérise le texte d'après sa forme générale (roman, nouvelle, poésie, théâtre, conte, autobiographie...). Dans chaque genre, il existe des sous-genres (roman policier, réaliste, historique...).
Héros	Personnage courageux, faisant preuve d'abnégation. Le héros tragique va vers un destin auquel il ne peut échapper.
Ironie	Procédé qui consiste à dire le contraire de ce que l'on veut faire comprendre (figure de l'antiphrase).
Narrateur	Celui qui raconte l'histoire. Il peut en être un personnage. Il est distinct de l'auteur, personne réelle qui écrit (sauf dans l'autobiographie où l'auteur raconte sa propre histoire).
Réaliste	Le registre réaliste se veut fidèle à la réalité.
Registre (ou tonalité)	Le registre, la tonalité d'un texte (ou d'un passage) sont liés à l'effet produit sur le lecteur : le registre pathétique (inspire la pitié), comique (fait rire), satirique (favorise la raillerie), polémique (cherche à convaincre), lyrique (cherche à provoquer l'émotion), épique (cherche à célébrer les prouesses, les exploits), tragique.
Satire	Du latin *satura* (« mélange ») : représentation moqueuse d'un milieu, d'une catégorie sociale, d'une institution.
Vers libres	Vers irréguliers, qui ne riment pas entre eux, organisés selon leurs sonorités et leur rythme.

Petit lexique historique

Alliés	Ensemble des pays qui s'opposent aux forces de l'Axe : particulièrement les États-Unis, le Royaume-Uni, et à partir de 1941 l'URSS.
Aryen	Selon les nazis, « race supérieure » de type indoeuropéen.
Axe	Désigne l'Allemagne et ses alliés, notamment l'Italie et le Japon.
Blitzkrieg	En allemand « guerre éclair ». Stratégie militaire offensive visant à attaquer très rapidement avec l'ensemble des forces mécanisées, terrestres et aériennes, pour submerger les défenses ennemies.
Brigades internationales	Pendant la guerre civile espagnole, volontaires antifascistes originaires de 53 pays différents (35 000 membres, issus d'Europe et d'Amérique), se battant aux côtés des républicains.
CNE (Comité national des écrivains)	Organe de la Résistance créé par le Parti communiste en 1941. Composé d'écrivains, il est chargé de réglementer la profession.
CNR (Conseil national de la Résistance)	Organisme créé par Jean Moulin, qui coordonne et dirige les différents mouvements de la Résistance intérieure française à partir de 1943.
Déportation	Action de chasser quelqu'un de son pays ou de son territoire, en le maintenant ou non en captivité. Dans le cas des Juifs pendant la Seconde Guerre mondiale, la déportation a pour objectif leur extermination physique.
Épuration	Jugement et condamnation, à la Libération, des personnes accusées de collaboration.

Fascisme	Nom donné au système politique établi en Italie par Mussolini en 1922, puis à toutes les dictatures du même type.
FFL (Forces françaises libres)	Forces militaires sous les ordres du général de Gaulle à partir de 1940, formées de militaires l'ayant rejoint à Londres, de volontaires et de soldats des colonies.
Génocide	Du grec *genos*, « naissance, genre, espèce », et du suffixe latin *cide*, de *caedere*, « tuer, massacrer ». Extermination systématique et programmée d'un groupe d'individus en raison de ses origines ethniques, religieuses ou sociales.
Gestapo	De l'allemand ***Ge****heime* ***Sta****ats****po****lizei* signifiant « Police secrète d'État ». Police politique du IIIe Reich.
Milice française	Police politique créée par le gouvernement de Vichy pour maintenir l'ordre, traquer les résistants, les Juifs, les réfractaires au STO.
Négationnisme	Position de ceux qui nient ou minimisent la réalité du génocide des Juifs pendant la Seconde Guerre mondiale.
Propagande	Action psychologique exercée sur des individus pour les amener à adhérer aux idées d'un homme et à les défendre.
Shoah (ou Holocauste)	Extermination systématique des Juifs d'Europe par l'Allemagne nazie (les trois quarts des Juifs de l'Europe occupée).
STO	« Service de travail obligatoire » créé par le gouvernement de Vichy.
Xénophobe	Du grec *xenos*, « étranger » et *phobos*, « rejet, peur ». Qui est particulièrement hostile aux étrangers.

À lire et à voir

● MIEUX CONNAÎTRE L'HISTOIRE DE LA RÉSISTANCE

Dictionnaire historique de la Résistance
Sous la direction de François Marcot
© Robert Laffont, coll. Bouquins, 2006.

Histoire de la Résistance en France
Un livre de Jean-François Muracciole
© PUF, collection Que sais-je ?, 1996.

● LA VIE CULTURELLE PENDANT L'OCCUPATION

La Vie culturelle sous la France occupée
Un livre d'Olivier Barrot et Raymond Chirat
© Gallimard, collection Découvertes, 2009.

● DES SITES INTERNET

www.musee-resistance.com/
Le site du musée de la Résistance nationale.

www.cndp.fr/poetes-en-resistance/
Un site du CNDP sur la poésie et l'engagement.

● FILMS ET DOCUMENTAIRES SUR LA GUERRE ET LA RÉSISTANCE

Le Dictateur
Film de Charlie Chaplin (1940)

La Bataille du rail (1946)
Le Père tranquille (1946)
Paris brûle-t-il ? (1965)
Films de René Clément

Un condamné à mort s'est échappé
Film de Robert Bresson (1956)

Les Visiteurs du soir
Film de Marcel Carné (1942)

Le Silence de la mer (1947)
L'Armée des ombres (1969)
Films de Jean-Pierre Melville

Un héros très discret
Film de Jacques Audiard (1996)

Lucie Aubrac
Film de Claude Berry (1997)

L'Armée du crime
Film de Robert Guédiguian (2008)

Les Combattants de l'ombre
Documentaire de Bernard George (2011)
ARTE ÉDITIONS

Table des illustrations

6 h	ph © The Bridgeman Art Library
6 m, b	ph © APIC / Getty-Images
7 h	ph © Keystone / Gamma-Rapho
7 mh	ph © Bianchetti / Leemage
7 mb	ph © Hulton Archive / Getty-Images
7 b	ph © Succession Willy Ronis / Diffusion Agence Gamma Rapho
76 à 99	© Archives Hatier
100	ph © Robert Capa © International Center of Photography / Magnum Photos
105	ph © Rue des Archives / Tal
108, 110	ph © LAPI / Roger-Viollet
112	Coll. Christophe L
113	ph © Roger-Viollet
115	ph © Henri Cartier-Bresson / Magnum Photos
I	ph © PrismaArchivo / Leemage
II	ph © Giraudon / The Bridgeman Art Library / © Succession Picasso, Paris 2012
III	© T.C.D
IV	Coll. Jean Vigne / Kharbine-Tapabor
V	ph © Selva / Leemage / © Adagp, Paris 2012
VI	ph © Robert Doisneau / Gamma Rapho
VII	ph © Photo CNAC / MNAM Dist. RMN - Philippe Migeat / © Adagp, Paris 2012
VIII	ph © Akg-Images / © Adagp, Paris 2012

Iconographie : Hatier Illustration
Principe de maquette : Marie-Astrid Bailly-Maître & Sterenn Heudiard
Suivi éditorial : Anne Peeters
Illustrations intérieures : Benoît Springer
Mise en pages : Facompo

Achevé d'imprimer par Grafica Veneta à Trebaseleghe - Italie
Dépôt légal : 95918-9/02 - Avril 2013